8/9년생 N잡러 김정희의

비낭만적 밥벌이

비냥만적 밥벌이

초판 1쇄 발행일 2021년 7월 15일 | **초판 2쇄 발행일** 2021년 7월 27일
글 김경희 | **펴낸이** 김석원 | **펴낸곳** 도서출판 밝은세상
출판등록 1990. 10. 5 (제 10 – 427호) | **주 소** (10881) 경기도 파주시 문발로 119, 202호
전 화 031-955-8101 | **팩 스** 031-955-8110 | **메일** wsesang@hanmail.net
블로그 blog.naver.com/balgunsesang8101 | **인스타그램** www.instagram.com/wsesang
ISBN 978-89-8437-428-7 03810 | **값** 15,000원
잘못된 책은 구입한 곳에서 교환해 드립니다.

89년생 N잡러 김경희의

비낭만적 밥벌이

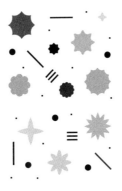

김경희 에세이

밝은세상

차례

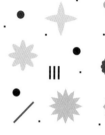

1부
일단 배부터 채우고 봅시다

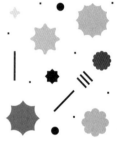

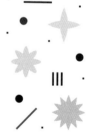

3부
일에 치이지 않으려면

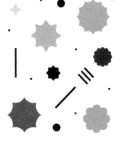

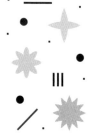

왜 일하냐고 묻거든
그저 웃지요

–

　스물세 살, 졸업을 앞두고 부지런히 이력서를 써 댔다. 초등학교, 중학교, 고등학교 그리고 대학교 까지 쉼 없이 공부만 했으니까 이제 좀 놀아볼까? 생각할 법도 한데 오로지 학교 밖, 사회에 나가는 걸 꿈꿨다. 그게 당연했으니까. 학문에 큰 뜻이 있 어서 대학에 간 것도 아니고 남들 다 가니까 나도 가야 하는 줄 알았다. 내게 대학 졸업장은 취업을 위한 수단에 가까웠다.

　그날도 도서관에서 채용공고를 보고 있는데, 부 자 친구를 만났다. 그 친구로 말할 것 같으면 당시 부모님이 꽤 큰 사업을 하고 있었고, 졸업 후에는 부모님 회사에서 일을 시작할 예정이었다. 친구는 내 모니터 화면에 떠있는 채용공고와 바로 옆에 펜 으로 찍찍 그어져 있는 이력서와 자기소개서를 보 며 내게 물었다.

"너는 왜 일하려고 해?"

"야, 이 미친놈아. 그럼 노냐?"

"나는 6개월은 더 놀다가 일하려고."

그 녀석과 더는 나눌 대화가 없다고 생각했다. 왜 일하냐니? 당연히 일하는 거 아니겠는가? 친구의 물음은 마치 '너 왜 밥 먹어?'라는 질문과 같았다. 배고프니까 먹지. 나는 왜 밥을 먹는가를 생각해 본 적이 없다.

학교를 졸업하고 밥벌이를 시작할 때만 해도 한 번도 생각해본 적 없는 '글 쓰고, 책 파는 삶'을 살고 있다. 그 어느 때보다 다양한 연령대의 사람들을 만나고, 접해보지 못한 직업인들을 만날 기회가 많아졌다. 그때마다 "안녕하세요. 저는 김경희입니다. 파인애플을 좋아해요. 책 읽는 것도요. 요즘에는 재테크에 관심이 있어요"라 말하지 않는다.

소개팅 자리가 아니고서야 이런 소개를 할 일은 거의 없다. 사실 소개팅 자리에서도 통성명 다음에는 '그럼 무슨 일 하세요?'로 이어지니까. 어쩌면 일을 빼고는 나를 설명할 수 없는 것 같아서 "안녕하세요. 김경희입니다. 서점을 운영하고요, 몇 권의 책을 냈어요"라 말하며 일로 나를 소개한다.

일이 나의 타이틀이 된 것이다. 그렇다고 일에 대단한 의미를 부여하지는 않는다. 자아실현? 사회에 이바지? 아니다. 먹고살기 위한 것이다. 지구를 구하는 일도 아니고 생명을 구하는 일도 아니다. 대단한 사명감도 없다. 그저 내 힘으로 나 하나를 책임지기 위한, 생계를 위한 일.

이따금 길을 지나다 길게 줄 서있는 사람들을 보곤 한다. 명당자리에서 로또를 사기 위해 기다리고 있는 이들. '1등 8번, 2등 48번'이라 쓰인 현수막을 보고는 나도 슬쩍 줄을 선다. '내가 만약 로또 1등에 당첨되면?'으로 시작하는 상상의 나래. 당장 일을 그만두고 유유자적 놀러 다닐까? 아파트를 사야 할까? 평생 놀고먹으며 살 수 있을까? 아직 50년은 더 살 것 같은데 노는 것도 지겹지 않을까? 그래도 일은 해야 하지 않을까? 아, 잠깐! 이때껏 돈 걱정 없이 놀아본 적이 없잖아? 그러면 잘 놀 수 있지 않을까? 생각이 꼬리에 꼬리를 문다. 에이, 모르겠다. 우선 통장에 100억 원이 들어와야 알 수 있는 일이다. 내게 100억 원이 있어도 계속 일을 하고 산다면 일은 내게 생계 수단을 넘어서는 의미가 있다는 뜻일 테니까. 그때는 "저는 자아실현을 위해서 일합니다"라고 말할 수 있지 않을까? "무릇 인간은 일을 해야 규칙적인 생활을 할 수 있고, 출판산업이 하향 산업이긴 하지만 책이라는 물성이 주는 의미를 생각해보면……"이라는 말을 덧붙이며.

먹고살기 위해 일하는 삶에 대해 단 한 번의 의심도 없이 살아왔다. 왜 일하는지에 대한 진지한 고민이 없었던 건 생계와 연결되는 부분이었으니까. 일을 통해 내 몫의 삶을 책임질 수 있게 되면, 좀 더 욕심내서 내가 사랑하는 이들의 몫에 보탬이 되는 걸 꿈꾸면서 말이다. 누군가 내게 왜 일하냐고 물으면 그저 웃는다. 부자 친구를 떠올리면서 말이다. 먹고살려고 일합니다. 하지만 다음 주에는 자아실현을 위해 일할 수도 있다. 퇴근길 명당 복권집에 줄을 서서 로또를 샀다. 꿈이 좋았으니 또 모를 일이다.

1부

일단 배부터 채우고 봅시다

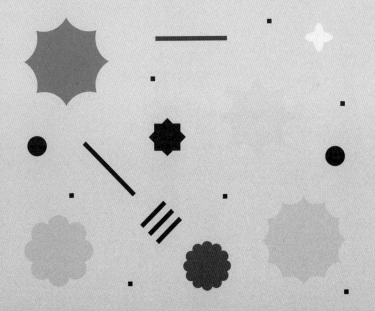

프리랜서로 살면서
생긴 기준

–

안녕하세요. ○○의 아무개입니다. 이러이러한 기획을 준비 중인데 혹시 다음 주까지 원고지 20매 분량의 글 가능할까요?

아니 이게 무슨 일이란 말인가. 내가 좋아서 글을 썼고, 어쩌다 책 몇 권을 내긴 했지만, 원고 청탁이 들어올 줄이야. 기쁜 마음으로 덥석 일감을 받았다. 내게 주어진 시간은 5일. 자료 조사하고, 내용 정리하고, 글 쓰고, 퇴고하고 하기에 5일은 좀 부족한 감이 있지만 그건 나중 문제였다. 퇴근하고 밤 10시에 커피를 마시며, 쓰고 고치고를 부지런히 반복하여 마감 하루를 앞두고 원고를 넘겼다. 후.

그런데 어째 그 후로 들어오는 일들이 죄다 마감이 촉박하다. 일주일은 양반이다. 3일 안에 뚝 딱 글 한 편을 써 달라는 일이 비일비재했다. 기쁜 마음은 점점 뒤로 밀리고 스멀스멀 드는 마음. '왜 미리미리 일을 요청하지 않는 거지?' 그리고 발동된 나의 셜록 홈즈 자아. '매번 촉박하게 일을 처리한다는 건, 계획과 우선순위가 없다는 건데? 아니, 잠깐! 그게 아니라 내가 마지막 후보인 건가? 까이고 까이다 결국 마지막 선택지가 나였던 걸까?' 생각이 여기까지 미치자 더는 마감이 촉박한 일은 하지 않기로 나름 규칙을 정했다.

내가 알지 못하는 각자의 사정이 있을 것이다. 하지만 찜찜하기도 하고 내 일상의 루틴이 망가지는 것도 내키지 않았다. 물론 돈이라도 많이 받았으면 '촉박은 무슨, 나한테 딱 맞는 일정이야!' 하겠지만 그마저도 아니었으니까. 몇 번의 경험 후에는 일의 재미, 의미, 돈 셋 중에 아무것도 충족하지 못하는 일은 하지 않기로 했다. 최소한 마감

2주 전에 연락을 주는 일만 고려하겠다고.

　안녕하세요. ○○의 아무개입니다. 어쩌고저쩌고 저희는 이러한 회사고~ 이번에 엄청난 행사를 준비하고 있으며~ 장소는 어디고~ 시간은 언제며~ 행사 주제는 무엇이며~ 함께 진행하는 출연자는~ 시간은~ 이렇습니다. 참여 가능한지 회신 부탁드립니다.

　장황한 메일과 첨부 파일에 담긴 회사와 행사 소개. 모든 게 꼼꼼하지만 하나가 빠졌다. 바로 돈. 행사를 진행하는 주체도, 행사의 주제도 너무 중요하지만 그보다 더 중요한 건 돈이다. 돈만 쏙 빠진 제안 메일을 받을 때면 한숨부터 나온다. 내 노동에 대한 대가로 상대가 얼마를 지급할 생각인지도 모르는 상태로 이리 재고 저리 재게 된다. '나에게 맞는 행사인가, 내가 잘 준비할 수 있을까, 가능한 일정인가?' 아…… 부질없다. 노동의 대가가 얼마인지도 모르는데 혼자 종일 고민하고 있으면 뭐 하나. 노트북을 열어 회신을 보낸다. 제안을 주셔서 감사합니다. 다만 당일 다른 일정이 있어 참여가 힘듭니다. 모쪼록 행사 잘 치르시길 바랍니다.

제안서에 강연료 혹은 원고료를 명시하고, 지급일자까지 적어서 보내는 곳이 있다. 그런 곳과 일하면 된다. 내가 너무 돈, 돈 하는 거 아니냐 싶을 수도 있다. 하지만 일을 제안하면서 돈 이야기를 하지 않는 것은 나의 시간과 노동의 가치를 인정하지 않는다는 뜻으로도 읽힌다. 그런 곳과의 일은 거절한다.

"안녕하세요, 김경희 작가님 맞으시죠? ~ 때문에 전화드렸어요. 혹시 통화할 수 있으실까요?"

앗! 내 번호는 어떻게 안 거지? 전화로 이야기하는 건 좀…… 하는 생각이 들지만 내게 일을 제안하는 사람이니 넓은 마음으로 반갑게 통화를 이어나간다. 간략한 자기소개와 이러이러한 일을 계획 중이라는 말. 그런데 구체적인 내용이 없다. 하여 메일로 관련 내용을 보내주시면 확인해 보고 답을 드리겠다고 말하니 "아, 네"라는 대답이 들려온다. 분명 톤이 다운됐다. '아! 네~'가 아닌 '아~, 네'다.

영 찜찜한 통화를 끝내고 일을 하고 있는데 다시 걸려온 전화.

"제가 전화가 편해서요~."

앗, 저기요, 저는 전화가 편하지 않습니다. 전화로 구체적인 내용을 말씀하시는 것도 아니고, 결정된 것도 없는 일에 제가 할 수 있는 말은 아무것도 없습니다, 라고 똑 부러지게 말하진 못하고 "제가 지금 업무 중이라 전화를 계속 받을 수 없습니다. 관련 내용을 정리해서 메일로 보내주시면 오후 5시 이내로 답변을 드리도록 하겠습니다"라고 답했다. 그리고 메일은 오지 않았다. 전화 받고 문자하며 응대한 모든 시간이 아까워졌다.

일하면서 문서 혹은 글로 전달받지 못한 일들은 상대가 스스로 무슨 일을 어떻게 해야 하는지 정리되지 않았다는 뜻으로 생각하고 믿고 거른다. 단, 이메일로 먼저 정리된 내용을 받고 난 후에는 전화로도 얼마든지 가능하다.

내가 얼마를 받게 될지, 받게 된다면 언제 받을 수 있을지도 모르는 상태로 일을 하던 때가 있었다. 돈 이야기를 꺼내는 게 어려워서. 한참 후에 통장을 확인하고 나서야 '아, 이 돈이었구나' 했다. 일을 받는 처지라 일을 주는 상대에 모두 맞춰서 응대하고, 따랐다. 하지만 점차 깨달은 것은

'일의 주체는 내가 되어야 한다'는 것. 내게 일은 돈을 벌기 위한 활동이고, 나는 내 노동에 대한 정당한 가치를 받아야 하니까.

사회인 8년 차. 회사원에서 자영업자, 자영업자에서 프리랜서, 프리랜서에서 다시 급여노동과 프리랜서 일을 겸하는 사람으로 변신하며 쌓인 데이터를 분석해 본 결과, 일할 때 가장 중요한 세 가지는 다음과 같다. 일에 대한 구체적인 내용, 합리적인 마감 일정, 그리고 돈. 그 중요성을 잘 알기 때문에 종종 내가 일을 제안하는 주체가 될 때는 메일로 업무의 내용과 마감 일정 그리고 돈을 꼭 명시한다. 그게 일의 의미나 재미나 그 모든 것보다 중요하니까.

솔직한 동기부여

—

　유튜브의 알 수 없는 알고리즘은 어느 날 나를 '동기부여 영상'으로 이끌었다. 하나같이 제목이 비장했다. '그 누구도 내 인생을 대신 살아주지 않습니다', '수작 부리지 말고 당장 침대에서 일어나라', '생각하지 마라 그냥 해라' 등. 제목만으로도 정신이 번쩍 들었다. 즉시 영상을 보기 시작했다. 물론 유튜브 고정 시청 자세인 침대에 누운 상태로. 한번 보기 시작하니 계속 관련 영상이 추천으로 떴고, 3~4분 남짓한 영상들이라 무리 없이 열 개를 몰아볼 수 있었다. 영상을 모두 보고 당장 침대에서 일어나진 않았다. '그래, 결심했어! 내일 아침에 일찍 일어나서 뭐라도 해보는 거야. 내일의 김경희는 할 수 있어. 아자!' 마음먹고 그대로 잠들었다. 그리고 내일의 김경희였던 오늘의 김경희는 아침 6시 알람을 가뿐하게 끄고, 다시 잤다.

'내일 다시 도전하겠어!' 마음먹는 것도 잊지 않고. 두 시간 후에 겨우 일어나 출근 준비를 하며, 저녁에 있는 도서관 강의를 위해 USB를 챙겼다.

서점 업무를 일찍 끝내고 도착한 도서관. 한둘씩 자리를 채우는 사람들과 짧게 인사를 나누고 강연을 시작했다. 1시간 30분 동안 준비한 내용을 마치고 이어지는 질문 시간. 사람들의 궁금증은 대체로 비슷하다.

"책 팔아서 돈 많이 버시나요?"
"많이 못 법니다."

"가장 많이 팔린 책은 뭔가요?"
"정확하게 판매된 수치는 저도 모릅니다. 다만 첫 번째 책이 해외에 판권이 팔리면서 인세는 가장 많이 받았습니다."

"책 내려면 얼마만큼 써야 하나요?"

"책 내려면 원고지 400~600매 정도는 필요한 것 같아요. 물론 책마다 편차는 있고요. 우선 많이 쓰시면 됩니다."

혹시 더 궁금한 게 있으면 편하게 물어보셔도 된다고 말은 했지만 더는 손을 드는 사람이 없어 강의를 끝내려고 하는 찰나, 맨 앞쪽에 앉은 분이 조심스럽게 손을 들어 올리셨다.

"오늘 강의 굉장히 잘 들었습니다. 그런데 작가님은 서점에서 일도 하고, 책도 쓰시는데 어떻게 동기부여를 하시나요? 저도 서점을 운영하며 글 쓰고 사는 게 꿈이거든요."

아니 이게 무슨 일인가. 유튜브의 알고리즘이 현실 세계와 이어졌다. 순간 어떤 대답을 할지 망설였다. 어젯밤 유튜브에서 본 내용을 말해드릴까? 아니야. 그럼 유튜브에 있는 동기부여 영상을 열 개씩 본다고 말할까? 이것도 아닌데. 고민은 끝나지 않고, 시간은 계속 흘렀다. 어떤 대답이든 해야 했다. 이왕이면 희망적인 답을. 비록 책 팔고 글 써서 먹고사는 게 녹록하지 않지만 타인의 꿈을 내 경험으로 일반화시키며 경험해 보기도 전에 좌절을 안겨주고 싶진 않았다.

"작은 인정이 아닐까 싶어요. 제가 책에 쓴 내용이나 혹은 SNS에 쓴 글을 보며 누군가는 '재밌어요. 공감돼요'라는 피드백을 해주세요. 저는 그게 참 좋더라고요. 서점 일도 마찬가지고요. '제일 좋아하는 서점이에요, 오래오래 해주세요'라는 말이 힘이 되기도 해요. 그러기 위해서 꾸준히 쓰고, 제가 쓴 걸 여러 사람이 볼 수 있게 합니다. 인스타그램이나 블로그, 브런치 등 공개된 곳에 글을 주기적으로 올려보세요. 훗날 서점 일을 하신다면 손님들과 꾸준히 소통할 수 있는 것도 중요하고요. 그런 식으로 스스로 동기부여 해보시면 좋을 것 같아요."

마지막 질문에 대답을 마치고 시계를 확인하니 예정된 시간을 살짝 넘겨, 강의를 마무리했다. 만족스러운 대답이었는지는 확인하지 못한 채 가방을 챙기고 서둘러 도서관 정문으로 향했다.

　지하철역으로 가려면 버스를 타야 하는데 도서관과 버스정류장의 거리가 꽤 멀었다. 밤늦게 낯선 곳을 걷는 것도 영 내키지 않고, 몸도 피곤해서 별 고민 없이 택시를 호출했다. 외진 곳이라 겨우 예약이 잡힌 택시는 10분 후에 도착한다는 알림을 보내왔다. 택시를 기다리며 하릴없이 휴대폰을 만지다 재밌는 영상이나 보고 있을까 싶어 유튜브에 접속하니, 동기부여 영상이 떡하니 뜬다. 어제부터 이어진 동기부여의 늪이다. 그리고 스치는 마지막 질문과 대답. 내 대답은 솔직했을까? 그냥 곰곰이 생각해보고 따로 연락을 드린다고 할 걸 그랬나? 그나저나 진짜 내 동기부여는 뭐지? 자꾸 커지는 생각에 뾰족한 답은 없고, 때마침 도착한 택시 뒷좌석에 앉았다. 캄캄한 밤, 가장 가까운 역으로 향하는 길. 줄지어 달리는 버스를 보며 생각했다.

'택시가 동기부여네.'

택시는 내게 늘 사치였다. 시간이 조금 걸려도 2000원이면 어디든 갈 수 있고, 아무리 비싸 봐야 광역버스인데 그마저도 2500원이면 충분했으니까. 택시는 지하철과 버스 운행 시간이 끝났을 때에만 어쩔 수 없이 이용했다. 그런데 안정적인 수입이 생기고, 이따금 쉬는 날을 반납하고 외주 일을 하게 되자 택시가 더는 사치가 아니게 되었다. 돈을 조금 더 쓰면 시간을 벌고, 몸을 편하게 할 수 있으니 괜찮은 지출이었다. 버스와 지하철 사이에서 택시라는 선택지가 하나 늘어난 셈이다.

그렇다. 나의 동기부여는 내 삶에 선택지를 늘려

가는 것이다. 언젠가는 차를 사서 운전하며 삶의 반경을 넓힐 수 있다고 생각하면 좀 더 열심히 일하게 된다. 생각만 해도 짜릿하지 않은가? 핸들을 잡고 내가 원하는 곳으로 어디든 움직일 수 있는 삶이라니. 하기 싫은 일을 마주할 때에도 '일이 있는 게 어디야? 빨리 하자!' 마음먹게 된다. 결국엔 동기부여 역시 돈이다! 에이, 그래도 돈이 전부는 아니다. 타인의 인정과 응원, 개인적 성취감도 분명 존재한다. 하지만 솔직해지자면, 돈이 차지하는 크기가 다른 것보다 훨씬 큰 건 확실하다. 선택지를 늘려가는 일도 결국엔 돈과 연결되어 있으니까.

"다 왔습니다." 기사님의 말에 택시비 6000원을 내고 내렸다. 교통카드를 찍고 지하철에 앉아 습관적으로 휴대폰을 붙잡고 유튜브에 접속했다. 동기부여 영상에 '채널 추천 안함'을 누르고, '재테크'를 검색했다.

세 끼

일에 미친 K-국민

—

"나 일 때문에 바빠서 안 될 것 같아."

크게 바쁜 일은 없었지만 일을 핑계로 만남을
거절했다. 함께 나눌 수 있는 대화라고는 지난날
의 추억과 서로 이해하기 힘든 각자의 일상 이야
기. 분명 한 테이블에 앉아서 얼굴을 마주 보며 이
야기를 나누지만 머릿속에서는 다른 생각을 하게
됐다. '차라리 이 시간에 한 글자라도 더 쓸걸, 일
할걸.' 이런 후회가 몇 번이고 반복되자 내린 나
름의 방법이다.

누군가와 만남을 갖는다는 것은 만나서 밥을 먹
고 커피를 마시는 두세 시간으로 끝나는 것이 아
니다. 나갈 준비를 하기 위해 쓰는 시간에다 이동
하면서 쓰는 시간과 에너지까지. 생각이 여기에

까지 이르니 결국 내 시간과 에너지를 써도 아깝지 않은 사람들로 인간관계를 재정립하게 됐다. 불편한 자리에서 억지로 웃고, 맞장구를 치며, 서로 다른 가치관을 따르는 대화는 가능한 한 피하게 된 것. 물론 최근 몇 년간 일이 심하게 많기도 했다. 게다가 월요일부터 금요일까지 일하고 주말에 쉬는 친구들과 달리 나는 주말에 더 일하는 상황. 서로 다른 삶의 방식을 갖게 되면서 만남 자체가 힘들어진 것이다. "토요일은 안 돼, 다음 주 일요일? 그날도 안 돼." 정말이지 시간이 없어졌다.

삶에서 일의 가치가 커질수록 한정된 시간을 효율적으로 써야 한다는 압박이 커졌다. 많은 걸 하고 싶었고, 그 안에서 좋은 성과를 내고 싶었다. 욕심의 자리는 점점 커지고 마음의 여유는 줄어들었다. 일과 관계 사이에서 이리저리 재기 바빴다. 일에 조금 더 마음이 동했던 나는, 일을 택했다.

"나 일 때문에 바빠서 안 될 것 같아"라는 말은 괜찮은 핑계가 됐다. "그래? 어쩔 수 없지, 뭐." 구구절절 설명하지 않아도 상대방은 크게 서운할 것 없이 이해했다. 방금 전까지 얼굴 한번 봐야 한다고, 밥 한 끼 먹어야 한다고 약속을 추진하던 사람들도 일 때문에 바쁘다는 말에는 금세 수긍했다. 자세히 묻지도 않고. 일 때문이라는 변명은 이렇게 자연스럽게 받아들이다니. 도대체 우리에게 일은 뭘까? 다들 일에 미친 K-국민이다.

나이가 들수록 자연스럽게 일을 중심으로 관계가 맺어지고 있다. 길게 설명하지 않아도 내가 하는 일을 이해하고, 비슷한 고민을 하고 나눌 수 있는 이들과의 카카오톡 안부는 "그럼 화요일에 합정에서 만나자"로 바로 이어진다.

효율을 따지며 바쁜 척하다가도 이따금 이러다

나중에 친구 다 없어지는 거 아닌지 모르겠다는 걱정이 스멀스멀 올라온다. 고민을 털어놓자, 프리랜서로 10년을 산 친구가 내게 말했다.

"일에 몰두할 때가 있지. 난 2년 동안 친구 안 만나서 욕 엄청나게 먹은 적도 있어. 그런 시기라고 생각해. 자연스럽게 생각해. 관계도 생물 같은 거 아닐까? 일을 통해 재정립되는 친구도 일을 통해 만난 친구도 친구지, 뭐."

오랜 친구와 더는 나눌 이야기가 없고, 이따금 일을 핑계로 바쁘다 하지만, 언젠가는 다시 우리가 함께 나눌 수 있는 게 생기지 않을까.

CEO를 꿈꾸던 열세 살

–

그날도 어김없이 엄마에게 만 원짜리 지폐를 한 장 건네받았다. 바지 주머니에 대충 돈을 넣고 서점으로 향했다. 열세 살의 나는 조용했고, 낯을 가렸다. 친구라고 부를 수 있는 사람도 몇 없었다. 그러니 학원을 가지 않는 날이면 내가 갈 곳은 뻔했다.

동네 서점. 지하 1층 서점에 들어가 어린이 매대, 만화 매대, 경제·경영 매대 등 서점 곳곳을 활보하며 책을 살펴보다가 집어 든 책은 《사람들은 나를 성공이라는 말로 표현한다》. 뽀글뽀글 파마머리 여자 어른의 사진이 강렬했다. 별 고민 없이 책을 샀다. 집으로 와서는 정신없이 읽어 내려갔다. 한국에서 태어난 사람이 미국으로 건너가 좌절과 위기를 겪어내는 것에서 멈추지 않고 이겨낸 이야기. 한국 여성이 미국인들의 보스가 되어 일하는 모습과 대저택에서의 삶은 짜릿했다.

　타인의 삶을, 정확히 말하자면 타인의 성공을 사랑하게 되면서 내 꿈은 CEO가 됐다. 어떤 일을 해서 CEO가 될지 계획도 없고, 누군가 CEO가 무슨 뜻이냐고 물으면 대답할 수도 없었지만 말이다. 그 이후로 나는 더는 어린이 매대, 만화 매대 근처에 가지 않았다. 경제·경영서가 빼곡한 코너에서 성공한 여성들이 써 내려간 이야기를 읽었다. 그렇게 조기 경제·경영서 탐독을 계기로 대한민국 최연소 CEO가 되어 스무 살에 반포 32평 자이아파트에 거주하며 서른 명의 직원을 두고 일하게 되었다, 라고 말할 수 있으면 좋겠지만 그냥 경제·경영서를 읽는 평범한 학생으로 살았다. 나는 왜 미국의 아이들처럼 집 앞에서 레모네이드를 팔며, 혹은 이웃집 마당에 수북이 쌓인 낙엽과 눈을 치우며 돈을 벌지 못했을까? 자책할 것도 없다. 코앞에 주어진 수행평가와 중간고사, 기말고사 앞에서 한국 청소년인 내가 택할 수 있는 건 '일'이 아니라 오직 '공부'였으니. 물론 공부도 썩 잘하진 못했다.

성공을 꿈꾸던 열세 살 아이는 CEO와 대저택은 커녕, 어디든 취업만 하면 좋겠다는 마음을 품은 스물네 살로 성장했다. 신입사원을 뽑지만 최소 경력 1년 이상을 우대하는 현실 속에서, 계속된 서류 탈락과 몇 번의 면접을 통해 드디어 나는 취업에 성공했다. 이 성공이면 충분했다.

그렇게 시작한 일. '돈 버는 게 이렇게 힘든 일일 줄이야!'를 느끼는 날의 연속이었다. 업무를 배우고 익힐 때는 몰랐지만, 내게 할당되는 일을 책임지게 되면서 나는 밥벌이의 고단함을 알게 됐다. 꾹 참고 속앓이하며 모니터를 바라보면 떠오르는 장면들. 어릴 적 엄마가 퇴근하고 와서 식탁에 앉아 소주를 마시던 모습, IMF 때 실직하고 한 달 동안 거실 한쪽에서 신문을 뒤적이던 아빠의 모습까지.

베이비붐 세대로 태어나 자신들에게 주어진 모든 시간과 돈을 맞바꿔 자식들을 위해 살아온 나의 부모를 생각했다. 변변한 취미라던지, 여행 한 번 편히 가본 적 없는 그들의 삶. 틈만 나면 누워 있던, 늘 피곤해하던 나의 부모를 이해하게 되었다. 밖에서 내내 일하고 돌아와 집에서는 아무것도 하고 싶지 않았을 그 마음을. 그래서 나는 일과 가정의 양립이라는 말이 유토피아 같은 허황한 말임을 안다. 한 개인으로 존재할 수 없던, 부모의 몫을 해내기 위해 모든 시간을 일로 써야 겨우 살 수 있던 두 사람을 지켜봤기 때문에.

너는 일이고 나는 나야

—

    나에게 일이란, 먹고사는 문제를 해결해 주는 것 뿐만 아니라 내 존재감을 확인받는 일이기도 하다. 어렸을 때는 부모님에게, 자라면서는 선생님과 친구들에게 받고 싶었던 인정 욕구가 성인이 되면서 일로 변한 듯하다. 내가 만든 성과가 클수록 내 자아도 커지고, 반대의 경우에는 같이 작아진다.

    서점을 운영하다 보니 매일 매출에 온 집중을 하게 된다. 이런 상황은 문을 열지 않는 날에도 이어지는데, 틈날 때마다 홈페이지에 들어가서 온라인 주문 건을 확인한다. 아, 그런데 이게 확인하는 잠깐 동안의 기분에만 영향을 끼치는 게 아니다. 서점 매출이 떨어지면 내 자존감도 함께 떨어진다. '내가 운영을 잘못하고 있나. 뭘 더 해야 하지. 왜 더 열심히 하지 못하는 걸까?' 하면서 말이다.

물론 해를 거듭하다 보니 어제 매출과 오늘 매출이 차이가 있더라도 한 달로 보면 평균 금액을 맞춰가는 걸 알게 되었다. 그렇지만 시험 성적표를 받아드는 학생처럼, 매일 매출 성적표를 받아들 때면 심란한 마음이 이만저만이 아니다.

그뿐인가? 꼼꼼하게 일했다고 생각했는데 오타가 있거나, 숫자 하나가 빠져있거나 혹은 더해졌을 때는 아찔하다. "이 부분 잘못됐으니까 수정해 줘"라는 업무에 대한 피드백을 기어코 나에 대한 지적으로 받아들인다. '내가 실수했구나. 수정해야지' 하는 게 아니라 '나 왜 이러는 거야' 라는 자기 비난으로 나아간다. 이따금 비비 꼬인 꽈배기로도 변신한다. '큰 실수도 아닌데 진짜 왜 저래?' 정말 나는 왜 이러는 걸까. 상대방은 자기 일을 하는 것뿐인데 말이다. 아, 미생 김경희는 언제쯤 상황과 감정을 분리할 수 있게 될까?

　글 쓰는 일도 마찬가지다. 최선을 다해서 마감까지 원고를 쓰는 일, 편집자와 함께 팀이 돼 수정에 수정을 거듭하고 책이 나왔을 때 부지런히 홍보하는 일까지는 내 몫이다. 그다음에는 내가 할 수 있는 일이 없다. 책이 많은 분들에게 선택받길 바랄 뿐, 내 손을 떠난 일이다. 이후의 결과에 대해서는 그냥 받아들이는 수밖에 없다. 많은 이들에게 닿았다면 그에 따른 기쁨과 인세를 즐기면 되는 일이고, 혹여 많이 닿지 못했으면 '그렇구나' 하며 넘기면 된다. 그런데 그렇게 넘기는 일이 쉽지 않다. 예상만큼 판매되지 않거나 초판을 소진하지 못하면 '그냥 애초에 쓰지 말걸. 이번 책이 별로인 건가? 난 왜 이렇게밖에 못 쓴 거지?'로 이어진다. 나의 결과물과 나를 동일시한다.

외주를 받는 일에서도 다를 게 없다. 전화와 메일로 외주 제안이 이어져 올 땐 '좋은 기회가 많이 오는구나. 나 잘하고 있나 봐?' 하면서 괜히 어깨에 힘이 들어간다. 하지만 나를 찾는 전화가 없을 때, 메일함에 광고 메일만 잔뜩 쌓여있을 땐 잔뜩 움츠러든다. '이제 날 아무도 찾지 않나 봐. 내가 너무 열심히 안 했나 봐. SNS 좀 열심히 할걸' 하며 머리를 부여잡는다. 사실 코로나19 이슈로 인해 강연과 오프라인 행사가 중단됐으니 당연한 일임에도 말이다.

일과 관련된 모든 부분을 '나'의 문제로 돌리다 보니 과해도 너무 과하다. 밥 먹을 때도, 책을 볼 때도, 자려고 침대에 누웠을 때도 일에서 오는 감정들에 파묻히니 하루의 시간이 온통 일로만 채워진다. 일과 나를 구분하지 못하니 어느 순간부터 일에 끌려다니게 됐다. 일에 대한 인정 욕구의 방향이 비뚤어진 셈이다.

매출이 좋지 않으면, 뭘 더 해보면 좋을까? 생각하면 된다.

일하다 실수에 대한 피드백을 받으면, 내가 실수했네? 조금 더 꼼꼼히 해야지 마음먹으면 된다.

책이 많이 안 팔리면, 그럴 수도 있지? 다음 책은 많이 팔리겠지 하며 다음 기회를 준비하면 된다.

외주가 안 들어오면, 경기가 안 좋구나? 여기고 자기계발을 하면 된다.

이렇게 말은 하지만, 쉽지 않다. 쉬우면 진작 그러지 않았을까? 게다가 '어제의 나'와 '내일의 나'가 갑자기 생판 다른 사람으로 바뀔 리도 없는 법. 그러지 말아야지 구구절절 길게 써놓고도 앞으로 계속 그럴 것 같다. 밥벌이 10년 차가 되면 좀 달라지려나?

8년 전의 나에게
해주고 싶은 말

—

서점에서 만나는 손님들의 나이는 다양하다. 대학 입시를 앞둔 고등학생부터, 고등학생 아이를 키우고 있는 40~50대까지. 책 이야기를 하기 위해 때로는 서로의 글쓰기를 응원하기 위해 모임을 하기도 하는데, 매주 보는 사이다 보니 서로의 일상적인 고민을 나누기도 한다.

취업을 위해 부지런히 이력서를 쓰고 면접을 보던 A가 드디어 취업에 성공했다며 검은 봉지 하나를 신나게 들고 왔다. 봉지 안에는 귤이 가득 담겨있었고, 모임이 끝나고 우리는 자리에 남아 취업을 축하하며 시간을 보냈다. 숱한 도전과 긴 기다림 끝에 취업이라니, 덩달아 보는 나도 신났다. 그런데 잔뜩 설레 보이는 A가 나에게 슬그머니 묻는다.

"혹시 사회 초년생 시절로 돌아간다면 뭘 해보

고 싶으세요? 취업해서 기쁘긴 한데, 어떻게 이 시간을 보내야 후회 없을지도 고민이에요."

'사회 초년생이라……. 나는 어떻게 보냈지?'

오후 6시. "저 이만 들어가 보겠습니다. 안녕히 계세요!" 재빨리 퇴근한다. 서둘러 지하철을 타고 도착한 곳은 영어학원. 숨을 몰아쉬며 도착한 좁은 강의실에는 이미 자리가 다 찼다. 가방이 놓인 의자에 "혹시 여기 앉아도 되나요?" 묻고는 서둘러 가방에 있던 종이 뭉치를 꺼낸다. 두 눈 크게 뜨고 영어 단어로 빼곡한 종이를 훑어보고, 단어 시험을 본다. 옆에 있는 사람과 바꿔 채점하라고 하는데, 옆 수강생 책상 위에 전공 책이 있는 걸 보니 대학생이다. 졸업하면 지긋지긋한 시험은 없을 줄 알았는데 직장인이 되어서도 시험은 끝이 없구나. 그나저나 이 친구는 온종일 영어 공부만 해서 그런지 서른 개의 단어를 모두 맞췄다. 대단하다. 반면에 직장인인 나는 시간이 없으니 시험지 위에 비가 내려도 상처받지 않는다. 일하느라 바빴다. 상처받지 않고 지난달 토익의 출제 경향을 알려주는 선생님을 보며 부지런히 문제를 푼다. 칠판에 적힌 숙제도 꼼꼼하게 적는다.

처음 취업해서 회사 적응하고 마음의 여유가 생기자 시작한 건 토익 공부였다. 취업만 하면 끝이라고 생각했지만 취업은 본격적인 인생 2회차의 시작이었다. 좀 더 많은 돈을 벌기 위해서, 나를 좀 더 나은 환경에 두기 위해서는 그만큼의 능력이 필요했다. 점심시간이 되면 근처 맥도날드에 가서 재빨리 끼니를 때우고는 영어 단어를 달달 외웠다. 회사에서는 야근을 피하려고 필사적으로 업무를 쳐내기 바빴다. 아침이면 정신없이 일어나, 출근해서 일하고, 다시 학원으로 향했다. 일과 자기계발에 몰두했던 지난 시절의 나. 힘들다는 생각은커녕 '이게 바로 어른의 맛, 나야말로 커리어우먼!' 이라 생각했다. 게다가 토익 점수는 나의 구원자가 되어줄 것이고, 머지않아 좀 더 높은 연봉, 좀 더 나은 회사로 나를 인도할 거라 생각했으니까.

'아, 그랬었지.'

토익 공부를 부지런히 하고, 그마저도 부족하다 느껴 영어 회화 수업까지 신청했으니. '정말 열심히 살았구나!' 싶은 과거의 나. 자, 그럼 이제 밥벌이 8년의 세월을 꽉 채운 내가 A에게 해줄 수 있는 말은 뭐가 있을까? '자기계발 하셔야 해요' 라 말하며 영어학원을 권하기는 좀 그렇다. '이직'만 생각했지, 어디로 이직할지, 내가 무슨 일을 하고 싶은지, 뭘 잘하는지에 대한 고민은 없는 상태로 한 공부라 이직에 큰 영향을 끼치지 못했다. 그때 배운 영어를 써먹긴 했다. 퇴사 후 친구와 함께 떠난 여행, 동남아로 향하는 비행기 안에서 '치킨 오얼 비프?'라는 질문에 '취킨 플리즈!'라 자신 있게 말했다.

이제 와 내가 할 수 있는 말은 '저축 열심히 하시고요. 재테크 공부도 하세요. 부지런히 돌아다니면서 많이 경험하시고요' 뿐인데 말이지. 어쩌면 이 말은 지금의 내가 8년 전의 나에게 해주고 싶은 말이다. 좀 더 솔직하게 말하면 영어 학원 다닐 돈으로 주식을 사! 대출받는 거 무서워하지 말고 회사 다닐 때 대출받아서 당장 집을 사!! 엑셀 말고!! 영상 편집을 배워!! 영상이 대세가 될 거라고!!

하지만 그때의 내 선택은 최선이었다. 시간이 한참 흐르고 나서 지난 시간을 되돌아보면 아쉬운 것투성이겠지만. 그래도 여전히 변함없는 건 그때의 나도, 지금의 나도 일에 욕심을 낸다는 것. 현실에 안주하지 않고 좀 더 나은 환경으로 나아가기 위해 공부한다는 것이다. 그나저나 지금의 내가 다시 과거로 돌아가서 새롭게 시작할 기회가 주어진다면? 대출 받아 집도 사고, 로또 1등 번호 하나 외워서 로또에 당첨되고, 주식도 시작하고, 유튜브까지 시작하면 대부호의 삶이 시작되는 것이다. 짜릿하다. 하지만 아무리 생각해도 영 별로다. 다시 그 지난한 삶을 경험해야 한다니. 으아. 그냥 앞으로 열심히 사는 걸 선택하련다. 돌아가긴 어딜 돌아가. 그냥 앞으로 나아가는 거지. 혼자 상상의 나래를 펼치다, A에게 슬쩍 말했다.

"어떻게 보내든 약간의 아쉬움은 있을걸요? 그냥 마음 가는 대로 지내봐요."

연봉 두 배 올린 썰 푼다

—

    2017년 나의 세 번째 직장은 부천 자유시장 근처에 있는 작고 영세한 서점이 됐다. 단골손님으로 기웃거리다가 종종 고군분투하는 사장님을 도왔다. 마침 회사를 그만두고 특별히 하는 일이 없어 시간이 많기도 했고 심심하던 차였는데, 사장님의 함께 일하자는 제안에 어쩌다 일하게 됐다. 청년 구직자가 50만에 육박하는 시대, 이렇게도 일을 시작하게 된다.

    어쨌든, 일하게 됐으니 마음가짐을 바로 잡아야 했다. 이전까지 직장인 김경희의 마음가짐은 '받는 만큼 일해라' 였다. 주어진 일을 잘 해내되 오버해서 일하지 말자는 것이었다. 어차피 회사와 나는 계약 관계니까. 내가 가진 시간과 회사가 가진 돈을 교환함으로써 맺어진 관계. 하지만 이 서점에서까지 그런 마음가짐으로 일하고 싶지는 않았다. 퇴사 이후 혼자 외롭게 지낸 시간 동안 생긴 심경의 변화일까? '홀로 애쓰는 고군분투 짠한 캐릭터'인 사장님을 바라보는 인류애 때문이었을까? 얼마나 일할지도 모르고, 어떤 일을 하게 될지도 몰랐지만, 이것저것 잴 것 없이 최선을 다해보기로 마음먹었다.

서점 일이라는 게 나로서는 온통 처음 접해보는 일이었으니, 열심히 하는 방법이라고는 3시간 일찍 출근해서 할 수 있는 일을 먼저 하는 것뿐이었다. 구석구석 쓸고 닦은 후 온라인 주문 건 포장을 끝냈다. 사장님은 제발 그렇게까지 일하지 말라며 사정 아닌 사정을 했고, 나는 가진 모든 능력을 동원해서 할 수 있는 일을 했다. 사진을 예쁘게 못 찍으면 무료 이미지 사이트를 찾아서 보완했고, 포토샵을 못하니 그림판을 동원해 인스타그램 피드에 올릴 홍보 이미지를 만들었다.

단골손님에서 직원이 되어 분위기를 익히고 적응하며 시간을 보내니 한 달의 시간이 훌쩍 지났다. 일을 시작하기 전에도 사장님 혼자 일해서 한 사람의 인건비를 겨우 가져갈 수 있는 상황인 걸 뻔히 알고 있었으니, 월급을 받을 마음은 없었다. 내 통장에는 회사 다니면서 모아둔 적금이 있었고, 조금 도와주다가 적당한 때가 되면 네 번째 직장을 찾아 떠날 생각이었다. 그런데 사장님이 월급을 보냈다. 나는 정말 괜찮다고, 돈을 돌려주기 위해 계좌번호를 알려달라고 했지만 그럴 수는 없다고, 더 많이 못 줘서 미안하다고 말하는 게 아닌가? 내 월급 주겠다고 본인 월급 못 가져갔을 걸 생각하니 짠한 마음이 들었다. 결혼한 지 얼마 안 된 사장님은 버는 돈 없이 어떻게 가정을 꾸려 나가고 있을까 하는 걱정도 함께. 새로운 마음가짐으로 업데이트할 때였다.

'이왕 이렇게 된 거, 두 사람분 인건비를 만들자.'

새로운 마음가짐으로 출근한 나는 '무슨 일이든 시켜주세요. 열심히 하겠습니다' 하며 앉아있는데 사장님이 어째 일 시킬 생각을 전혀 안 했다. "제가 송장 출력을 해볼까요? 아니면 홈페이지에 업로드 좀 해볼까요?" 말할 때마다 괜찮다고만 했다. 아니 괜찮으면 안 되는데. 두 명분 인건비를 챙기기 위해서는 두 명이 밤을 새워 일해도 모자랄 판인데 왜 자꾸 괜찮다고만 하는 거지 싶어 가만히 지켜보니, 사장님은 일을 시켜본 적이 없는 사람이었다. 혼자서 일한 시간이 길다 보니 그에 익숙했고, 솔직하게 말하면 스스로 무슨 일을 해야 하는지도 잘 모르는 사람이었다. 맙소사.

이렇게 앉아만 있다가는 둘 다 굶어 죽는다. 일을 시키지 않는 사장님을 마냥 기다릴 순 없었다. 나한테 일을 시키지 않으면 내가 시켜야지.

"사장님, 송장 프로그램 사용법 좀 알려주세요. 지금 당장요."

"이거 다 사장님 개인 책이에요? 이제 안 보실 거죠? 그럼 이거 온라인에서 제가 팔 테니까 일러스트로 템플릿 좀 만들어서 저한테 5시까지 보내주세요."

"출근 중이시죠? 책 사진 찍을 때 배경이 중요하니까 화방 들러서 배경지 사 오시고요. 앞으로는 배경지에 놓고 책 사진 찍어서 홍보해주세요."

그렇게 하나씩 일을 시켰다. 두 사람이 각자 자신이 해야 할 일을 찾아서 하면 베스트겠지만 쉽지 않았다. 시킬 수 있는 사람이 시켜야 했다. 고용자와 피고용자의 역할 따위는 없었다. 나에게 중요한 건 일이 되게 하는 것이었다. 누구 하나 굶주리지 않고, 많지는 않더라도 두 사람의 인건비를 챙겨야 했다.

사장님에게 이것저것 일을 시키고, 나는 내가 할 수 있는 일들을 찾아서 하다 보니 매출이 조금씩 늘기 시작했다. 덩달아 반응해 주는 사람들도 늘어났다. 손님도, 팔로워 수도 점점 늘어나면서 두 명의 인건비를 가져갈 수 있게 되자 늘 그늘이 가득했던 사장님의 얼굴에 작은 빛이 들기 시작했고, 장난도 늘어났다. 하루는 손님들에게 "사실은 김경희가 사장이야. 호호홋" 하며 신나게 말을 거는 것 아닌가? 이어지는 손님들의 답은 "알고 있어요"였다. 뛰는 사장 위에 나는 손님들이 있었다.

　실없는 농담이 많아지던 어느 날, 사장님은 뜬금없이 내 입사 날짜를 물었다. 그러고는 홈페이지 연혁 작업을 시작했다. 홈페이지 연혁에 내 입사 날짜를 넣고는 '전문경영인 스카우트'라 적었다. 혼자 기발한 생각이라며 웃고 있는 사장님을 보자니, '그래 웃으면 됐지, 뭐' 싶었다. 그런데 문득문득 전문경영인 스카우트라 쓰인 문장을 볼 때마다 기분이 묘했다. 홈페이지에 적힌 문장 하나로 내가 오키로북스 서점의 '오직원'이라는 캐릭터에서 단숨에 '전문경영인'이 된 것이다. 장난인 줄 알았는데, 며칠째 계속 올라와 있는 걸 보고는 언제 고칠 거냐고 물으니 고칠 생각이 없다고 했다. 많은 사람들이 오는 홈페이지도 아니고, 굳이 찾아서 봐야 하는 연혁 페이지를 몇 명이나 볼지 모르겠지만, 볼 때마다 내 마음이 달라졌다. '전문경영인이라…… 전문경영인…….' 나를 지칭하는 말이 달라지다 보니 읽는 책들도 달라졌다. 주로 소설과 에세이를 읽던 내가 마케팅, 조직, 경영, 회계 책을 읽게 됐다. 글 잘 쓰는 이들의 책을 보기 바빴는데 이제는 사업 잘하는 이들의 글에 더 많은 관심을 두게 되었다.

바뀐 정체성 때문일까? 아니면 읽는 책이 달라져서일까? 매출은 꾸준히 올라갔고, 덩달아 내 연봉도 4년 만에 두 배로 올랐다.

워낙 적은 급여로 시작했기에 대단히 많은 돈을 버는 건 아니지만, 스스로가 만들어 낸 성과라 생각하면 꽤 뿌듯한 일이다. 20대의 끝자락, 중소기업을 전전하다 호기롭게 퇴사하고 백수로 살던 내가 사람 구실을 하며 살다니! 그것도 스스로 연봉을 높이면서!! 하며 혼자 감격하고 있자니, 지금의 김경희가 열심히 일했던 과거의 김경희를 꽉 안아주고 싶은 마음이 든다.

　만약 서점 일을 시작할 때 예전처럼 이리저리 재고 따지며 시키는 일만 했으면 어땠을까?

　나에게도 착취당한 경험이 있다. 말 그대로 등골 쏙 뽑아 먹힌 기억도 있고. 그러니 무조건 '먼저 주는 사람이 되세요!' 라 말하는 건 조심스러운 일이다. 하지만 스스로가 만들어 낼 수 있는 성과의 가능성까지 차단하는 건 아까운 일이다. 어쩐지 구더기 무서워서 장 못 담그는 격이 아닐까?

내가 먼저 줘보면 받는 사람이 나에게 고마워하는지, 혹은 당연하게 여기는지도 알 수 있다. 나를 착취하려는 인간이라 판단이 들 때는 확실히 선을 그어야 한다.

나처럼 무조건 시작하라는 말도 아니다. 난 내가 하게 될 업무도, 받을 급여도 모르고 시작했으니까……. 권하는 것은 이런 것이다. 서로가 조건을 합의하고 일을 시작했을 때, 내가 할 수 있는 걸 다 해내는 것. 어쩐지 고리타분하고 올드한 것 같지만 나는 내 이익을 먼저 챙기지 않고, 내가 할 수 있는 일들을 최대한 해냄으로써 한계를 넓혀갔다. 직원으로서의 정체성으로만 사는 게 아니라 이따금 사장의 정체성도 가져보면서.

주인의식을 갖고 일하자 말하는 것 역시 조심스럽지만, 월급 받으면서 사장 연습을 해본다고 생각하면 크게 손해 볼 건 없다. 먼저 움직이는 사람이 되어 일하다 보면 새로운 정체성이 생길 수도 있고, 혹은 미련 없이 다른 일을 시작하게 될 수도 있으니까.

그래서 나는 이제 먼저 주는 사람이 되려고 한다. 한계를 두지 않고, 우선은 최선을 다해본다. 그게 스스로의 몸값을 높이는 일임을 알고 있으니까. 내 그릇을 키울 수 있는 사람은 나뿐이니까.

한 사람의 인건비도 챙기지 못하던 곳에서, 이제는 다섯 명의 인건비를 가져갈 수 있게 되었다. 지난 4년간 함께 애쓴 만큼 조금씩이지만 통장에 쌓이는 잔고가 늘고, 내야 하는 세금도 늘었다.

앞으로 나는 얼마의 연봉을 받는 사람이 될까? 내 그릇의 크기는 어디까지일까? 궁금하면서도 너무 먼 미래는 아득하니 우선 올해의 목표부터 정한다. 내 연봉 앞자리에 1을 더하는 것. 단골 가게에서 어쩌다 시작한 일을 '아니 이렇게까지?' 키우다 보면 언젠가는 연봉 스무 배 올리는 방법

으로 큰소리 치고 다닐 수 있지 않을까? 제발 그
런 날이 오길…….

책 한 권 팔아서
얼마 벌어요?

–

　스물한 살 여름 방학 때 아르바이트를 시작한 이후로 지금까지 꽤 다양한 일을 하면서 돈을 벌었다. 지구를 구하는 일, 타인의 생명을 살리는 일처럼 거창하거나 대단한 일은 없었다. 사회가 돌아가는 데 필요한 일이긴 했지만, 생존에 꼭 필요한 일이냐고 하면 그것도 아닌 일들. 게다가 굳이 내가 아니어도 누구나 할 수 있는 일이 대부분이었다. 그렇지만 자신 있게 말할 수 있는 건 내가 돈 좀 벌자고 타인을 해하거나, 불법적인 일을 저지르지는 않았다는 것. 그것만으로도 충분하다 여겼다. 스트레스야 있었지만 정당하게 돈을 벌고, 세금도 내니 잘살고 있는 것으로 생각했다. 이 말을 듣기 전까지는.

　"책 한 권 팔아서 얼마 벌어요?"

"권당 인세로 받는데, 보통 책 가격의 10퍼센트예요."

"그럼 책 가격이 만 원이면, 책 한 권 팔아서 천 원 버는 거예요?"

"네."

"얼마 안 되네요?"

자본주의 사회에서 일해서 버는 돈이 얼마인가는 중요한 문제이지만, 바로 앞에서 "얼마 안 되네요"라는 말을 듣다니. 쓰리다. 그러는 당신은 얼마나 버냐고 물었어야 했는데 그러지 못했다. 4년 전 일인데, 지금까지도 잊지 못한다.

자고로 일이라는 게 생계 수단이기도 하지만 자기 존중과 자아실현을 책임지는 일 아닌가? '일은 어때요? 좋아하는 일인가요?' 등의 질문은 없었다. 나는 5분만에 "우와, 작가네요?"라는 감탄에서 '만 원짜리 책 하나 팔아서 천 원 버는 사람'이 되어있었다. 오후 주말, 사람으로 가득 찬 서울의 모 카페, "얼마 안 되네요?"라고 말하는 그 눈빛. 아, 나는 그때 깨닫고야 말았다. 글 쓰는 일이 결국엔 수입이 변변치 않은 일이라는 것을.

그날의 경험은 결국 내가 돈을 많이 벌지 못하는 직업을 갖고 있음에 대한, 혹은 돈을 많이 벌지 못하는 작가로 살아감에 대한 자격지심이 됐다. 그래도 먹고 싶은 것 먹고, 사고 싶은 것 사면서, 이 정도면 잘산다고 생각하며 살았는데……. 세상은 나를 더 강하게 키우기로 했나 보다.

"제 연봉은 00000입니다. 성과금까지 하면 00000이고요."

"많이 버시네요?"

"정말 실례지만, 서점에서 일한다고 하셨는데 연봉이……?"

"네?"

"불편하시면 말 안 하셔도 되는데, 궁금해서……."

"아…… 0000인데요?"

"규모가 크진 않은 것 같은데, 생각보다 많이 버시네요?"

과연 그 사람이 생각하고 있던 서점 일의 연봉은 얼마였을까? 어떤 생각을 하고 있었던 걸까? 머릿속으로 미리 계산해 본 나의 연봉은 어느 정도였을까? 사실 조금 더해서 말하긴 했다. 그쪽 연봉이 워낙 많길래, 괜히 꿀리기 싫어서, 아주 조금 많이 올려서 말했는데. 후. 솔직하게 말했으면 '아, 역시 그 정도였네요'라고 말했으려나? 많이는 못 벌어도 좋아하는 이들과 함께 즐겁게 일하고 있다고 생각했는데, 내 연봉은 정말 작았구나…….

아니다! 나는 왜 이렇게 무례한 이들과 만나 대화를 이어나가고 있는 것인가? 책 한 권 팔아서 버는 돈은 왜 궁금하고, '얼마 되네, 안 되네'라고 말하는 건 뭐야? 그리고 연봉은 또 뭔데? 자기 연봉 자랑하려고 물어본 거야? 아니면 서점에서 일하면 뭐 적게 받아야 해? 책 한 권 팔아서 천 원 벌지만, 난 책 한 권 써봤다!! 너는 써봤냐? 내가 앞으로 너보다 더 많이 벌 거다. 어디서 돈 조금 더 번다고 유세야 진짜!!! 빛보다 빠른 속도로 친구를 붙잡고 토로하는데, 찝찝하다. 뾰족한 게 자꾸 마음을 찌른다.

친구들과 동창들의 소식을 주고받다가 내가 별생각 없이 내뱉은 말들이 떠올랐다.

"그 일을 한다고? 아니, 어쩌다?"

"급여가 너무 적은 거 아냐? 심하게 박봉인데?"

"그럼, 한 번 작업할 때마다 얼마 버는 거야?"

당사자에게 건넨 말은 아니었지만, 나는 지금까지 이런 말들을 얼마나 많이 해왔는가? 무례한 이들이라며 씩씩거리며 욕하고 있었는데, 내 얼굴에 침 뱉는 꼴이었다. '저 사람은 얼마나 벌까? 저 직업의 연봉은 얼마일까?' 온통 돈과 연결해서 타인을 평가하던 건 나도 마찬가지였다.

이따금 검색창에 직장인 평균 월급을 검색했다. 그 숫자들을 보며 이리저리 쟀다. '지금 나는 평균치에 가까운 삶을 살고 있을까?' 내 평균만 따진 것도 아니다. 타인의 평균도 부지런히 따졌다. 내가 평균에 못 미칠 때는 괜히 움츠러들고 평균을 넘을 때는 괜히 혼자 뿌듯해하며 어깨를 폈다.

내가 뱉은 말과 행동이 돌고 돌아 나에게로 온 걸까? 내가 하는 일에 존중을 바랐지만, 정작 타인의 일은 존중하지 못했으니까 말이다. 스스로 괴물은 되지 말아야지 싶었다. 타인의 일을 함부로 평가하고, 쉽게 돈으로 연결 짓지 말았어야 했다.

시간이 없으면
시계를 사면 되잖소

–

'할 건 많은데, 시간이 없어. 바쁘다 바빠.'

　생각이 앞서니 한숨이 쌓인다. 출근해서 기계처럼 해야 하는 데일리 업무, 다음 달 매출을 위한 새로운 기획, 엑셀 붙잡고 낑낑대야 하는 정산. 그뿐인가? 짬 내서 공부도 해야 한다. 먹고사는 일에 있어 공부는 생존이니까. 게다가 원고 마감도 코앞이다. 여기에 추가로 하고 싶은 일까지 생기면 삶에 대한 열정이 잠깐 생기지만, 찰나다. 시간이 없는 상황에서 해야 할 일에다가 하고 싶은 일까지 해내는 건 무리고, 어른의 삶에서는 늘 해야 하는 일이 우선이다. '하고 싶은 일도 해야지!' 라며 자신을 옥죄는 건 이미 경주를 마치고 지친 말에게 더 달릴 수 있다며 채근하는 것밖에 되지 않는다. 결국 늘 해야 하는 일만 하고, 하고 싶은 일은 하지 못하는 상태로 살다 보니 욕심은 많은데 실행하지 못해 괜히 울적한 마음만 남는다.

그런데 아무리 생각해도 이상하다. 내가 365일 애용하는 '투두 리스트' 노트에 해야 할 일 목록은 빼곡하지 않다. 도대체 내 시간은 어떻게 흘러가고 있는 것인가? 의심스럽지만, 역시나 할 건 많고 시간은 없고, 바쁘니까 깊게 고민하지 않는다. 결국 시간에 끌려가다가 그나마 남아있던 자신감마저 떨어진다. 이때 '남과 비교하는 버릇'이 쓱 들어오면 답이 없다.

'나는 지금도 바쁜데, 일도 많이 하고 있는데, 저 사람들은 뭐지? 저 많은 걸 언제 다 해내는 거지? 잠을 7~8시간씩 잔다고 하는데 어떻게 잠도 충분히 자면서 회사도 다니고, 글도 쓰고, 유튜브도 하고, 공부도 하는 거지?'

그럴 때면 각자에게 주어진 시간이 공평한 게 맞는 걸까 의심한다. 나는 하루를 24시간 사는데,

누군가는 38시간 사는 것 같고. 에라, 모르겠다.

　사람들은 어떻게 일하고 있는 걸까? 내가 모르는 시간 사용의 비법이 있는 걸까 싶어 유튜브, 트위터, 인스타그램에 돌아다니며 검색을 시작한다. 물론 검색하고 있을 시간에 하고 싶은 일을 하면서 알차게 보내면 되지만, 뭐든 시작 전에는 검색이 필수다. 적을 알고 나를 알아야 백전백승 아닌가? 1시간 동안 쉼 없이 온갖 시간 관련된 콘텐츠를 찾다가 가장 인상적이었던 건 번역가 김명남 선생님의 시간 관리법인 일명 'KMN 루틴'이다. 40분 일하고 20분 쉬는 루틴인데, 40분 동안은 집중해서 일하고 업무 시간의 반인 20분 동안은 쉬는 것이다. 그래 일할 땐 일하고 쉴 땐 쉬자.

　40분 동안 집중하기 위한 방법으로 조성진 피아니스트의 40분짜리 연주를 틀어놓고 일을 시작했다. 침대에 눕고 싶은 마음, 잠시 연주를 일시

정지하고 싶은 마음을 꾹 참고 40분을 채웠다. 그리고 최선을 다해 20분 동안 휴대폰을 만지며 쉬었다. 그렇게 한 번의 루틴을 끝내고 나니 뭐든 해낼 수 있을 것 같았다. '드디어 시간을 잘 활용하는 방법을 찾았어!!' 싶었지만 3일을 지속하기가 쉽지 않았다.

40분이라는 시간은 굉장히 긴 시간이었다. SNS를 통해 짧고 빠른 정보에 익숙해진 뇌가 갑자기 40분씩 몰입하는 건 무리였다. 이제 달리기를 시작한 초보 러너가 10킬로미터에 도전한 셈. 안 되겠다 싶어 집중 시간을 반으로 줄이기로 했다. 에이, 그래도 반은 좀 심한 거 아닌가? 싶은 생각과 처음부터 무리하지 말자는 마음 사이에서 25분으로 타협을 봤다. '그래. 25분이야.' 다시 굳은 마음을 먹고 책상에 앉았다. 그러고는 휴대폰을 집어 들고 25분짜리 타이머를 구매했다. 역시. 장비를 준비해야지. 인생은 아이템발 아닌가? 제대로 해보겠다는 마음을 담아, 구글 직원들이 사용한다는 구글 타이머를 직구로 주문했다.

마치 실리콘밸리의 구글 직원이 된 것처럼 25분 타이머를 맞춰놓고 일하다가 5분 쉬는 사이클을 유지했다. 하나의 사이클이 끝날 때마다 노트에 한자로 '바를 정(正)' 자를 적어가며 내가 집중해서 일한 시간을 체크했다. 덕분에 25분 일하는 건 지켰지만, 5분만 쉬는 건 지키는 게 쉽지 않았다. 15분, 때로는 25분 쉬기도 했다. 의자에 궁둥이 붙이고 앉아있는 시간은 꽤 되는 것 같은데 막상 노트에 기록된 바를 정 개수를 확인하면 아차싶을 때가 많았다. 그래도 내 성과를 기록해 가는 것은 꽤 뿌듯한 일. '25분이라도 집중해서 무언가를 하고 있구나. 밀도 있게 시간을 보냈네' 생각하면 어쩐지 위로가 됐다.

안타깝게도 위로가 되는 것과는 별개로 내 삶은

크게 달라지지 않았다. 나약한 인간이여……. 노트의 바를 정자는 줄어든다. 여전히 바쁘게 사는 것 같은데 뚜렷한 결과물은 없는 삶이 지속된다. 내 시간은 어떻게 흘러가는 걸까? 무엇을 더 해야 하는 걸까? 뭐가 문제인 걸까? 머리를 쥐어 잡아 보지만 역시나 답이 없다. 잠을 줄이거나, 욕심을 줄여야지 마음을 먹고 있는데 친구가 최근에 산 물건을 자랑하기 시작한다.

"이게 키친 세이프라는 건데, 예쁘지? 직구로 샀어. 근데 이게 진짜 물건이라니까?"

1년 동안 50권이 넘는 자기계발서 책을 읽으면서 개과천선한 친구는 시간을 지배하는 자가 되겠다며 관련 책들을 끊임없이 읽더니, 시간의 적은 휴대폰이고 인간의 의지는 믿으면 안 된다는 결론으로 결국 새로운 물건을 샀다. 통 안에 휴대폰을 넣고 시간을 설정해서 잠가두면 시간이 지날 때까지 열어볼 수 없다고 했다. 휴대폰을 확인할 수 있는 방법은 망치로 그 통을 깨부수는 것뿐. 하지만 휴대폰은 나와 한 몸이나 다름없는데 그게 과연 가능한 걸까? 싶어 친구에게 꼭 그렇게까지 해야겠냐 하니까 되묻는다.

"너 휴대폰 열어봐, 하루에 휴대폰 몇 시간 사용하는지 확인해 봐."

설정에 들어가서…… 사용 시간 확인을 눌렀더니, 맙소사. 일일 평균 휴대폰 사용 시간이 7시간 58분이란다. 게다가 하루에 휴대폰 잠금 해제하는 횟수는 93번. 아, 한심한 인간이여. 도대체 나란 인간은 어떻게 살고 있었던 걸까? 앱 사용 순위를 보니 가장 많이 사용한 앱이 넷플릭스, 유튜브, 인스타그램, 트위터……. 더는 볼 수 없다. 외면하고 싶은 현실.

지금껏 바쁜 줄 알고, 바쁜 척하며 살았는데, 헛짓을 하느라 바빴던 거였다. 더는 이렇게 살 수 없겠다 싶어, 친구 따라 키친 세이프를 구매하기 위해 휴대폰을 집어 들었다.

'강제성이 필요해. 키친 세이프와 함께면 나도 정말 알차게 시간을 보낼 수 있게 될 거야.'

그러고는 유튜브, 인스타그램, 트위터, 실시간 검색어를 기어코 확인했다. 세상은 별문제 없이 돌아가고 있는데, 나는 왜 이렇게 조급한 건지. 이런 식으로 시간을 낭비하고 싶지 않아 키친 세이프를 사겠다고 하면서도 또 이러고 있다.

사람이 단숨에 바뀌는 건 쉽지 않다. 결국 유튜브의 알고리즘에 빠져 한 시간을 흘려보내고 물건을 사지도 못했다. 이 글만 마저 쓰고 꼭 사야지. 해외 직구라 시간이 조금은 걸리겠지만, 그래도 도착하면 나아지지 않을까? 배송이 오기 전까지는 '할 일은 많고 시간도 많은데 휴대폰만 붙잡고 있는 사람'이지만, 배송만 오면 '시간을 지배하는 자'가 되지 않을까 달콤한 상상을 한다.

번아웃이 뭔데,
그게 왜 나한테 오는 건데

—

아침에 눈을 떴지만 침대에서 일어날 수 없다. 일어날 수 없는 건지, 일어나지 않는 건지 알 수 없다. 몸은 계속 침대에 머무른다. 할 수 있는 건 누워서 휴대폰을 보는 일. 잠깐 기사만 확인하고, 밤새 올라온 타인의 피드도 확인한다. 그러고는 기어코 유튜브에 접속한다. 그러면서도 시간을 확인한다. '딱! 30분만 보자' 마음먹지만, 알 수 없는 유튜브 알고리즘은 자꾸 나를 더 작은 휴대폰에 빠져들게 만들고, 계속 누워있게 만든다. 그리고 다시 시간을 확인하면서 생각한다. '준비하면 30분 걸리고, 가는 데 1시간 걸리니까, 아⋯⋯ 지금 일어나야겠네.' 더는 누워있을 수 없는 상황이 되자 그제야 침대에서 일어난다. 정신을 겨우 차리고 화장실로 향해 씻는다. 옷을 챙겨 입고 부지런히 출근 준비하기도 빠듯한 시간인데, 틈틈이 자꾸 눕는다. 옷 하나 입고 눕고, 마저 입고 또 눕고. 흘러가는 시간보다 느린 속도로 준비한다. 와중에 휴대폰은 놓지 못하고, 계속 현실이 아닌 휴대폰 안에서 머무른다.

　겨우 준비를 마치고, 지각만 면할 시간에 딱 맞춰 집에서 나온다. 누가 내 발목에 모래주머니를 채웠나 싶을 만큼 무거운 발을 겨우 이끌고 지하철역으로 향한다. 오늘 가서 해야 할 일을 생각하다가 다 귀찮아져서 멍하니 지하철에 오른다. 환승역까지 15분을 서서 가야 하는데 자신이 없다. 눈을 재빠르게 굴리며 빈자리가 언제쯤 생길지 본다. 여의치 않으면 문에 몸을 슬쩍 기대며 앉아버릴까 고민한다. '그래도 바닥에 쪼그려 앉는 건 좀 그렇잖아?' 생각하지만, 풍선 바람 빠지듯 속수무책으로 몸이 지하철 바닥으로 향한다. 출근길이 퇴근길처럼 피곤하다. 휴대폰을 쥐고 아무 영상이나 보다 그마저도 지겨워져 그냥 눈을 감는다.

혼자 일하는 게 아니니 아무렇지 않은 척 움직이지만 의욕은 없다. 그저 해야 할 일을 한다. 적당히. 그러다가 별일 아닌 일에도 잔뜩 날이 선다. 당연히 물어볼 수 있는 누군가의 질문에도 삐죽한 마음이 올라온다. '아, 진짜 별걸 다 물어보네.' 다음 주까지 해야 할 일을 마주할 때면 버겁기만 하다. 충분히 할 수 있는데도, 지금껏 해온 일임에도. 표정 없이 꾸역꾸역 일을 쳐내고는 다시 집으로 가기 위해 지하철로 향한다. 모든 스위치를 꺼버리고 싶어 유튜브로 들어간다. 아무 생각 없이 볼 수 있는 영상들을 수십 개 보고 나면 집에 도착한다. 그러곤 자연스레 침대로 향한다. 옷도 갈아입지 않고 한 손엔 휴대폰을 꾹 쥔 채, 보고 있던 영상을 마저 보다 잠든다.

이런 일상이 하루, 일주일, 한 달씩 반복됐다. 온갖 부정적인 감정들이 하루를 지배했다.

'이렇게 살아서 뭐 하지?'
'다 그만두고 아무것도 안 하고 싶다.'
'도대체 나는 어쩌자고 이렇게 일을 벌여놓고 사는 거지?'

그럴 때면 내가 싫어졌다. 이렇게 살고 싶지 않은데, 이렇게 사는 나를 어떡하면 좋을지. 게다가 휴대폰 화면 속에서 남들은 제 할 일을 톡톡히 해내며 나아가고 있는 걸 볼 때면 지금의 내 꼴이 너무나 답답했다.

이렇게 살면 안 되는데, 하면서도 그 삶을 끊어 낼 수 없는 상황. 원인을 알아야 했다. 도대체 무엇 때문인지. 무엇이 나를 이렇게 만드는지.

'무기력해요, 아무것도 하고 싶지 않아요, 도망가고 싶어요, 우울해요, 예민하고, 짜증이 늘었어요' 따위를 검색했다. 그리고 몇 개의 온라인 테스트 질문지를 보고, 손가락으로 내게 해당하는 문항을 세어가며 시간을 보낸 후 알게 됐다. 번아웃이 내게 왔음을.

번아웃은 의욕적으로 일에 몰두하던 사람이 극도의 신체적, 정신적 피로감을 호소하며 무기력해지는 현상이다. 그렇다. 나는 열정적으로 일했다. 누가 시켜서 한 것도 아니고, 자발적으로 했다. 일하면서 얻는 성취감도, 성과도 짜릿했다. 중독 같았다. 더 높은 곳을 향해 올라가고 싶었다. 그러기 위해서 내 모든 시간과 에너지를 일에 쏟았다. 그 맛을 계속 경험하고 싶었고 더 큰 달콤함을 원했다. 하지만 한낱 인간, 부침이 오기 시작했다. 그렇다. 인간은 모든 시간을 일만 하며 살 수는 없다. 자연스레 모든 일에 회의감이 들기 시작했다. '이게 정말 나를 위한 일인가?' '지금 이렇게 사는 게 맞는 건가?' 그리고 지쳐갔다. 잠을 제외한 모든 활동이 버거워지기 시작했다. 이게 다 무슨 소용일까, 그냥 해외 나가서 자유롭게 살자. 어떻게든 먹고살 수 있지 않을까? 아냐 해외는 좀 부담스러워. 어디 시골에 가서 농사 지으면서 살까? 절에 들어갈까? 내 머릿속을 채운 생각들은 모두 번아웃에서 오는 것이었다.

벗어나고 싶었다. 그러기 위해선 움직여야 했다. 번아웃에서 벗어나기 위해 해야 하는 것들을 찾아봤다. 규칙적인 생활, 운동, 쉼. 모두 지금껏 미뤄두고 있었던 것들.

하나씩 시작하기로 했다. 당장 몸을 움직이는 게 쉽지 않았다. 우선 출근해서 일하는 시간을 제외하고는 일상에서 하고 있던 추가적인 일들을 싹

빼버렸다. 꼭 해야 하는 하나의 일만 남긴 것이다. 그러고는 그동안 효율만 따지며 누리지 못했던 것들을 해보기로 했다. 죄책감 느끼지 않고 맘껏 게으르게 침대에 누워있기. 이따금 몸이 찌뿌둥하다 싶을 때는, 영화관에서 보고 싶었던 영화 보기. 먹고 싶었던 배달 음식을 시켜 먹으며 넷플릭스 보기. 노트북은 집에 놔두고, 책 한 권만 들고 카페에 가서 조용히 책 읽기. 일에서 잠시 거리를 두었다. 조금씩, 천천히, 무기력이 내 몸에서 빠져나가기 시작했다.

그제야 친구들이 했던 말이 생각났다.

"쉬는 것도 일하는 것만큼 중요해. 일정에 쉬는 것도 넣어야 해."

"1~2년 하고 말 거 아니잖아, 오래 일하려면 지치지 않는 게 중요해."

"무리하지 마. 그러다 지쳐."

번아웃에서 빠져나오는 데 꽤 오랜 시간이 걸렸다. 그런데도 이따금 무리해서 일하거나, 욕심을 채우기 위해 효율을 따지며 주어진 시간을 모두 일로 채우려고 한다. 인간은 왜 자꾸 같은 실수를 반복하는지. 이번엔 좀 다르지 않을까 하며 나를 몰아붙인다. 그럴 때마다 일하는 김경희 말고 자연인으로서 행복하게 지내자고, 하루에 한 시간씩만이라도 자연인 김경희로 존재하자고 다짐한다. 쉽지 않지만 매일 노력하는 일이다.

나는
언제까지 일할 수 있을까

—

어렸을 때부터 텔레비전을 껴안고 살았던 나는 자연스레 삶을 드라마로 배웠다. 학교를 졸업하면 취업을 하고, 결혼을 하고, 회사를 그만두고 임신·출산·육아로 이어지는 삶. 드라마 속 30대 여성들은 모두 그렇게 살고 있었으니까.

겨우 들어간 대학교를 겨우 졸업해서 일을 시작했을 때, 내가 세운 계획은 이러했다. 1년 부지런히 일하고, 그다음 단계의 경력를 위해 준비하며, 결혼 전까지 5000만 원의 결혼 자금을 만들자. 그렇다. 내 일의 종착지는 결혼 자금이었다. 스물여덟에서 서른 사이에는 이뤄내야 할 나의 과업. 그러면 결혼 이후의 삶은 계획하지 않았냐고? 했다. '퇴사.'

아, 이제 와 생각하면 도대체 나는 왜 그런 생각을 한 건가 싶다. 일에 욕심이 있었고, 퇴근 후에도 부지런히 학원에 다니고, 자격증 공부하며 자기계발에 힘썼지만 5년 한정짜리였던 셈. 결혼 전까지만 일하는 걸 당연하게 여기며 살았다.

더는 거실 소파에 앉아 텔레비전을 보지 않는다. 침대에 누워 유튜브와 넷플릭스를 본다. 내 영원한 친구 텔레비전은 내가 할머니가 돼서도 함께할 줄 알았는데 말이다. 세상은 정말 빨리 변하고, 그만큼 나도 따라 변한다. 휴대폰 작은 화면 속에는 낯설면서 반가운 사람들이 보인다.

'결혼하지 않고 사는 사람들이 있네?'

'어? 저 사람이 58년생이라고?'

'어?? 저 사람은 54년생???'

여성 혼자 프로그램을 진행하는 사람들이 보인다. 1961년생 나의 모친보다 언니인 이들이 말이다. 저 바다 건너 외국에서 일하는 여성이라니. K-국민의 K-정서 콘텐츠를 열렬하게 소비하며

K-삶의 방식을 따르려 했던 나의 세계가 확장되기 시작한다.

'뭐야, 60대가 되어서도 저렇게 일할 수 있는 거잖아? 그런데, 저기는 미국이니까 가능한 거 아니야?'

유튜브와 넷플릭스를 결제하며 정신없이 보는 사이 30대가 됐다. 분명 화면 속에는 30대, 40대, 50대가 되어서도 자기 경력을 쌓아가며 일하는 여성들이 잔뜩인데, 불안하다. 당장 내 주변에 그런 사람들이 보이지 않기 때문이다. 친구들은 결혼하고 임신을 하면서 일을 그만두었다. 나에게 좀 더 현실적인 본보기가 필요했다.

나는 결혼 대신 비혼을 택했고, 나의 열망은 결혼 자금 5000만 원이 아닌 내 집 마련을 위한 5억 원으로 변모했다. 나는 계속 일을 하고 싶었다. 하지만 그 아무리 여성의 삶이라 한들 저 멀리 미국에서 이루어지는 삶은 와닿지 않았다. 나와 같은 정서를 가진, 멀지 않은 곳에서 일하는 여성의 삶을 찾아보기 시작했다.

의외로 답은 가까운 곳에 있었다. 내 책장에 꽂힌 책을 쓴 여성 작가들이 40~50대가 되어서도 경력의 정점을 만들어 나가며 일하고 있었다. 카피라이터에서 작가로, 작가에서 팟캐스트 진행자로 삶의 방향키를 바꿔내며 살아가는 김하나 작가. 잡지 에디터에서 작가로 변신해 살아가는 황선우 작가. 결혼하고 두 아이를 키우면서도 글을 쓰고, 글쓰기 수업을 하고, 북 토크 행사를 진행하며 살아가는 은유 작가. 그뿐인가? 프리랜서로 혼자 살아가는 신예희 작가까지.

때로는 각자가 자신의 삶을 살아내는 것만으로도 누군가에게 굉장한 큰 힘이 되기도 한다. 그들이 겪어내고 있는 시간은 누군가에게 10년 후를 그릴 수 있게 해주니까. 끝없다, 끝없어. 나는 이들을 보며 나의 40대, 50대가 기대되기까지 했다. 삶의 롤모델. 일하는 여성들이 보인다. 나는 언제까지 일할 수 있을까? 생각했는데 죽을 때까지 일할 수 있을 것 같다.

죽기 직전까지 몇 개의 직업을 더 가질지, 어떤 일을 하게 될지는 모른다. 다만 계속 일하는 이들을 보며, 그들의 활약을 보며, 더는 불안에 잠식당하지 않는다. 나는 내가 일하고 싶을 때까지 일하는 삶을 살아갈 테니까.

2부

일하려고 사는지
살려고 일하는지

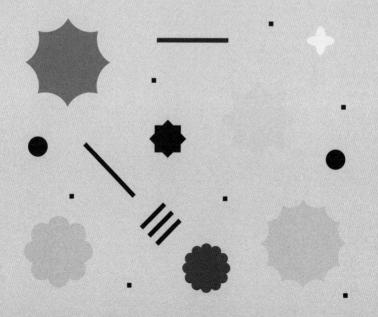

열두끼

언제든
떠날 준비가 되어있을 것

—

   '그만둘까?' 라는 생각을 종종 한다. 좋아하는 일을 하고, 마음 맞는 동료들과 함께하지만 어찌 매일 좋을 수 있을까? 물론 안 그런 직장인이 어디 있겠나 싶지만.

   여기서 문제는 이 회사를 운영하는 사람이 나라는 것. 그만두고 싶다고 사표 내고 떠날 수가 없다. 내가 그만두겠다는 마음을 실행할 때는 오키로북스도 사라지는 셈이다. 그러니 마음먹는 일에서만 끝난다. 혼자 일하는 것도 아니고 함께 일하고 있는 이들의 생계까지 생각해 보면 쉽게 그만둘 수가 없다.

   그런데도 이따금 생각하는 건, 함께 일하는 사장님과 합이 맞지 않을 때가 있기 때문이다. 대화를 통해 합을 맞춰나가면 되는데, 마음이 좁은 나는 이성적인 판단보다는 감정적인 판단을 하며 혼자 씩씩거린다. 분기별로 한 번씩은 꼭 그런 일들이 일어나는데 뭐든 극단적으로 생각하는 김경희는 그 생각을 멈추지 않고, 기어코 끝을 그리며, 그 이후까지 생각하고야 만다.

자, 그럼 내가 떠난다면 남겨야 할 것은 무엇인가? 그것은 바로 일. 내가 하던 업무를 누구든 이어서 할 수 있어야 하니 상세한 업무 매뉴얼 제작이 시급하다. 이때부터 머릿속이 빠르게 움직인다. 내가 하는 일이 뭐지? 어디서부터 정리해야 하지 생각하다가 현재 내가 하는 업무들을 하나둘씩 적어본다. 몸이 기억해서 익숙하게 하고 있던 업무 목록을 글로 적어보면 '내가 무슨 일을 하는 사람인지, 내가 어떤 일들을 하고 있는지'를 객관적으로 바라보게 되는데, 끝없는 업무 목록을 보고 있자니 '훗, 나는 이 조직에 꼭 필요한 사람이군' 하는 생각이 든다. 하지만 매뉴얼을 만들고 보니 매뉴얼만 따라 하면 굳이 내가 아니어도 할 수 있는 일들이다.

사회 초년생 시절, 믿고 따르던 대리님이 곧 퇴사한다고 말했다. '대리님이 없으면 회사는 어떻게 돌아가는 거지? 대리님이 만능이었는데!! 과연 대리님 없이 우리 팀이 돌아갈 수 있을까?' 마음 졸이다 말을 건넸다. "대리님 없이 저는 어쩌죠? 우리 팀은요? 아, 우리 회사는요!!" 대리님은 씩 웃으며 걱정 말라고, 아무 문제 없을 거라 말했다. 실제로 대리님의 퇴사 이후에도 아무런 문제 없이 일이 굴러갔다. 조직은 그런 곳이다. 나만 할 수 있는 일은 없다. 누가 와도 일을 할 수 있다.

그때의 생각이 떠오른 건, 어쨌든 내가 없어도 일은 굴러간다는 것을 이미 경험을 통해 알고 있기 때문이다. 그렇다면 과연 나는 내 공백이 크게 느껴질 만큼의 퍼포먼스를 내고 있는가에 관한 물음으로 이어진다. 내가 하던 업무를 다른 사람이 대체하게 됐을 때, 누군가는 분명 비교할 것이다. 다시는 안 볼 사이에 굳이 내가 없는 곳에서 비교당할 것까지 미리 생각할 필요가 있나 싶지만, '김경희가 일은 진짜 잘했구나'라는 말을 듣고 싶기 때문에, 이건 중요한 문제다. 일에 대한 나의 알량한 자존심이랄까.

업무 매뉴얼을 꼼꼼하게 작성하고 떠날 준비를 마치면, 회사 밖에서의 내 삶을 그려본다. 현재 나의 주 수입원인 급여 소득이 사라진다고 했을 때, 과연 나는 어떤 선택을 해야 하는가. 다시 취업해야 할까? 아니면 기존에 추가로 수입을 내던 분야에 시간을 더 투자해서 소득을 올려야 할까?

취업부터 생각해 보자. 가장 최근에 이력서를 써본 게 언제였는지 헤아려 보니 5년 전? 6년 전?

정확히 기억도 안 난다. 그 사이의 공백을 이력서에 적는다면 무엇을 쓸 수 있을까? 글을 쓰고, 강연했고, 서점을 운영했다? 회사에 다니던 때와는 다른 업무들. 경력이 모두 중구난방이다. 맙소사! 이 이력서를 들고 나는 어디에 입사 지원을 해야 하며, 무슨 일을 할 수 있을까? 결국 취업 선택지를 지운다. 자, 그럼 기존에 글 쓰고 강연하는 일의 생산량을 늘려서 급여 소득을 대체해 볼까? 앗, 정신 차리자. 최저 임금에도 미치지 못하는 글쓰기와 수익이 불안정한 강연으로 급여 소득을 대체하기란 쉽지 않다. 있으면 좋고 없어도 생활에 지장이 없는 추가 소득일 뿐이다. 그럼 유튜브를 시작해 볼까? 그렇지만 당장 뭘 해야 할지도 모르겠고, 영상 편집이며, 수익을 어떻게 내야 할지 전혀 감이 오지 않는다. 기존에 사이드잡으로 하고 있던 일만으로는 한 달 생활을 유지하기 위한 돈을 벌어들일 수 없다.

그만두고 싶지만, 당장 그만둘 수 없는 현실을 마주하고 나니 욱했던 마음이 조금은 가라앉는다. '잘하고 있다는 생각에 취해 있었는데, 하나하나 따져보니 특출나게 잘하는 것도, 혹은 혼자서 잘 먹고 잘살 준비도 되어있지 않군.' 되려 일할 수 있어서 다행이다 하며 감사한 마음을 갖게 된다.

주제 파악을 마친 나는 겸손한 마음으로 새로운 목표를 갖기로 했다. '내일 당장 떠난다 해도 별 문제 없게 일하자. 그러기 위해서는 평소 일을 잘 정리하면서 하되, 관성대로 하는 게 아니라 좀 더 잘해 낼 수 있는 방법을 생각하면서. 아울러 자립할 수 있도록 부지런히 스스로를 업데이트하고, 공부하며 시도하자.'

매일 반복되는 하루를 정신없이 살다 보면, '나' 도 '나의 현재 위치' 도 제대로 파악하기 힘들다. 앞으로도 '그만둘까?' 라는 생각은 하겠지만 그때마다 다시 현실을 되돌아보면서 마음을 다잡을 것이다. 이전에도 무작정 회사가 싫어서 퇴사하고 싶은 마음에 다짜고짜 인수인계서부터 만들던 때가 있었다. 시간이 흘러 바뀐 것은, 잘 마무리하고 싶은 마음과 퇴사 이후의 삶을 생각하며 미리 준비하는 일.

살려면 운동해야 해,
살려고 하는 거야

—

"왕년에 내가 말이야, 밤새고 회사에 가서도 무리 없이 업무 마무리하고 그랬던 사람이라고!"

그렇다. 분명 20대에 나는 그랬다. 30대가 된 지금은 어떠한가? 밤을 새우기는커녕 새벽 1시를 넘기는 날이 손에 꼽을 정도가 됐다. 8시간 자던 잠을 1시간만 줄여도 일에 지장이 온다. 커피 한두 잔으로는 해결되지 않는다. 왕복 2시간, 총 두 번의 지하철을 갈아타는 것만으로도 하루의 에너지를 다 써버리는 저질 체력. 더는 이렇게 살아갈 수 없다. 그제야 언니들이 내게 꾸준히 해오던 말들이 들리기 시작했다.

"살려면 운동해야 해, 살려고 하는 거야."

지금껏 부족한 체력을 음식으로만 해결해온 나는 가방에 있던 초콜릿을 꺼내 먹으며 생각했다. 당장 운동을 시작하자. 고민할 것도 없다. 별안간 일하다 말고 회사 근처에 있는 헬스장에 가서 자신 있게 3개월짜리 회원권을 끊었다. 계약서와 카드 영수증을 들고나오는 길. 이미 운동을 시작한 것 같은 느낌이 들었다.

'헬스장 3개월 비용은 나를 위한 투자야!'

강철 체력으로 거듭나기 위해, 출근 전에 헬스장으로 향했다. 넘치는 의욕을 갖고 시작한 운동은 트레드밀에서 빨리 걷기. 그것도 TV를 보면서. 점점 빠르게 걷다가 속도를 높여서 경보 수준으로 걸었다. TV 프로그램 한 편이 끝나니 내 운동도 끝이 났다. 그렇게 일주일을 지내고 보니 이 방식으로 강철 체력은 안 되겠다 싶어 큰마음을 먹고 퍼스널 트레이닝, 즉 PT를 받기로 했다.

　20회에 100만 원. 부자들이나 하는 걸로 생각했던 개별 맞춤 운동을 하다니. 100만 원으로 체력을 사기로 한 셈이다. 혼자 했으면 진작 힘들어서 주저앉았을 텐데 옆에서 자꾸 "할 수 있어요, 하나만 더요" 하는 선생님 덕분에 어찌어찌 50분의 고강도 운동을 해냈고, 매일 근육통에 시달렸지만 체력을 조금씩 키워나가니 벌써 20회 수업이 끝났다. 아니 이게 무슨 일인가.

　일주일에 2~3회만 받아도 한 달이면 10회를 채운다. 한 달에 50만 원을 운동하느라 쓰는 셈. 하지만 이왕 시작한 거 멈출 수 없었다. 눈 딱 감고 적금을 하나 깬 후 다시 20회 등록을 했다. 운동의 재미를 느낄 때쯤 깨달은 사실 하나. 운동을 지속하기 위해서는 돈을 벌어야 하고, 그러기 위해서는 일을 해야 하니 개미지옥이다. PT 비용을 위해 평소보다 일을 많이 하다 보니 쉽게 지쳤고,

운동 가는 게 영 귀찮아졌다. 결국 귀찮음이 강철 체력에 대한 욕망을 이겼다.

여기까지 쓰고 6개월이 지났다. 그 후 나는 지금껏 딱 한 번 운동화를 챙겨 신고 땀 흘리며 운동했다. 코로나19 이슈, 혹은 먹고사는 일이 바빠서라고 자신 있게 핑계를 댈 수도 있지만 어쩐지 씁쓸하다. 올해 초 지독한 A형 독감을 앓고, 그 다음 달에는 버스에 치이는 교통사고를 당하면서 몸이 아프면 일도 할 수 없다는 당연한 사실을 체득했으면서도 말이다. 물론 오한으로 끙끙거리는 와중에 일을 했고, 버스에 치였지만 노트북을 챙겨 입원해서 내게 주어진 일을 차질 없게 해냈다. 으아! 과연 일은 무엇인가 말인가? 건강과 체력의 소중함을 뒤늦게 후회하기 전에 부디 내일부터 당장 만 보라도 걸을 수 있길.

마음을 쓰는 일

–

택배 상자가 매일 온다고 생각하면 꽤 설레는 일이지만, 그 택배 상자에 가득 담긴 것들이 내가 팔아야 할 물건이라면?

택배 수령 업무는 상자를 뜯고, 책을 꺼내 재고를 확인하고, 진열해 놓는 것에서 끝나지 않는다. 밝은색 표지인데 포장되지 않은 채로 책이 오면 따로 포장 작업도 한다. 온라인 홈페이지에 상품을 등록하고, 책을 읽고, 홍보도 해야 한다. 나에게 택배는 셀렘이라기 보다는 해야 할 일이 생겼다는 뜻이다.

거기에다 간혹 추가되는 일들이 있다. 책이 잘못 오거나, 요청한 상태로 오지 않았을 때다. 그럴 때는 노트북을 열어 거래처에 메일을 보낸다. 책이 잘못 왔습니다, 파본이 있습니다. 여간 번거로운 일이 아니다.

그날은 유독 오배송된 책들이 많았다. 재입고를 요청했던 1호 대신 2호가 왔다. 뒤이어 온 택배도 마찬가지였다. 책의 손상을 막기 위해 개별 포장을 부탁했는데 책만 덩그러니 왔고, 배송 과정에서 뭐가 묻었는지 잔뜩 때가 타버리고 말았다. 지우개로 지워도 보고, 닦아도 보지만 수습이 안 되는 책은 사진을 찍어 거래처에 보냈다. 이런 일들은 항상 있는 문제들이다. 그러니 '그래, 실수할 수도 있지. 사람이 하는 일인데' 생각하며 내가 조금의 수고로움을 감당하면 된다. …… 그러면 참 좋을 텐데. 차분하지 못하고, 순간의 감정에 욱하는 나에게는 쉽지 않은 일이다. '아니 도대체 왜 일을 두 번, 세 번 하게 하는 거야? 왜 다른 사람의 시간을 뺏는 거야?' 혼자 분해하다가 기어코 입 밖으로 내뱉었다. 분위기가 싸해졌다.

입은 삐져나와 있고, 툴툴거리는 마음은 여전하지만, 노트북을 열어 거래처에 메일을 썼다. 실수할 수 있다고, 괜찮다고. 하지만 이미 뾰족해진 마음은 걷잡을 수 없다. 굳이 안 써도 될 시간을 썼다는 생각과 괜한 곳에 감정 소모했다는 짜증. 기어코 옆에서 일하는 동료들의 행동마저 못마땅해진다. '왜 일을 대충대충 하는 거지? 일하는 시간보다 휴대폰 보는 시간이 더 많은 것 같은데?' 차가운 표정으로 키보드를 탁탁 치고 있는데 옆에서 모든 상황을 지켜본 사장님이 슬쩍 내게 말을 건넨다.

"다른 사람의 일이 다 내 마음 같을 수는 없어."

"내가 내 마음처럼 해달라는 게 아니잖아요. 그냥 기본을 하자는 건데, 타인에게 폐 끼치는 실수를 하지 않는 것, 그냥 업무 시간에 일하는 것!! 사장님은 혼자 보살이야, 보살!!"

괜히 더 툴툴거렸다. 나를 뺀 사람들의 일이 작게만 보이고 내 마음은 좁아진 채로, 그렇게 하루가 갔다.

오랜만에 여유로운 날, 천천히 할 일을 하고 있는데 메일이 도착했다.

'계산이 잘못된 것 같아서요. 확인 부탁드립니다.'

아뿔싸. 1만 3000원짜리 책을 1만 2000원으로 계산해서 정산했다. 전날 급하게 일하느라 숫자를 제대로 못 봤다. 두 번 체크했어야 하는데 매번 하는 일이다 보니 별문제 없을 거라 생각해서 빨리 처리하다가 기어코 실수해 버리고 만 것이다. 쥐구멍에라도 숨고 싶은 마음과는 별개로 내가 내뱉은 말.

"사람이 실수도 할 수 있지, 뭐. 기계도 아니고. 이렇게 가끔 실수도 하고 그래야 인간적이지. 완벽하게 일하면 너무 무섭잖아."

타인의 실수에는 잔뜩 날이 서서 왜 사람 두 번 일하게 하냐며 씩씩거리더니, 정작 나는 타인의 시간을 빼앗아 놓고 뻔뻔했다. 스스로에게만 한

없이 너그러워지다니. 어쨌든 실수를 바로잡기 위해 부랴부랴 수정하고, 계산하고, 두 번 확인한 후 차액을 입금했다. 그러고는 번거롭게 해드려 죄송하다는 메일을 썼다. 다시 여유롭게 일을 하려는데 전화가 걸려왔다.

아……. 모처럼 여유롭던 일상이 삐걱거리기 시작했다. 오배송 문의부터, 거래처 전화, 모임에 관한 문의 DM에 제작자 정산 요청 메일까지 이어졌다. 예상치 못한 업무가 밀려드니 어찌해야 할지를 몰랐다. 화장실 가고 싶은 마음도 꾹 참고 하나씩 일을 해결했다. 조급한 마음을 이해해주는 건 최선을 다해 제 몫을 해내는 방광뿐이었다.

이런 사정을 알 리 없는 사장님이 대뜸 책 20권을 내게 쓱 내밀었다.

"이거 정산 오래 밀렸거든. 오늘 꼭 해주자."

아니, 왜 갑자기, 하필이면 오늘, 그것도 지금!!! 으악 하고 소리를 지르고 싶지만 그럴 수는 없지. 아! 삶이 언제나 계획대로 흘러가는 건 아니니까 하며 마음을 달래보지만, 이내 마음이 뾰족해졌다.

'뭐야, 빨리 끝내려고 화장실도 안 가고 일하고 있었는데. 이거 오늘 꼭 해야 하는 건가?'

괜히 심술이 났다. 아무리 집중해서 일한다고 하더라도 어차피 제시간에 퇴근하긴 글렀다.

천천히 하기로 했다. 화장실도 가고, 이따금 휴대폰으로 인스타그램도 확인하면서. 쉬엄쉬엄했다. 어차피 오늘 다 끝내야 하는 일이고, 무슨 수를 써도 퇴근 시간까지 끝낼 순 없다고 생각하니 되려 뾰족했던 마음이 둥글어졌다. 일을 다 끝내고 시계를 보니 9시 20분. 긴 하루가 끝났고, 해야 할 일도 마무리했다.

"오늘 너무 고생 많았어"라는 사장님의 말에 아까 소리 지르지 않은 게 다행이라는 생각이 들었다. 예민한 마음을 굳이 말로 드러냈다면 일을 끝내고도 찝찝했을 텐데 말이지. 속 안에서 머무는 말과 뱉어진 말의 무게감은 다르다. 뱉어지는 순간 무게감은 곱절이 된다.

집으로 가는 길. 책을 읽을 에너지도 딱히 휴대폰으로 재미있는 거 할 에너지도 없어 멍하니 지하철 구석 자리에 앉아 하루를 되돌아보고 있자니, 며칠 전의 일도 함께 꼬리를 물고 딸려 왔다. 생각이 많으니 꼭 이렇게 지나간 일을 쓸데없이 곱씹는다.

타인의 일에서는 엄격해지고, 내 일이 될 때는 한없이 너그러워지는 나.

사정이 있음을 이해하고 존중해야 하는데 찰나의 모습만 보고 쉽게 타인을 평가하는 나.

각자의 최선이 있었을 텐데, 어째 나는 이리 속이 좁은지 모르겠다.

차라리 완전히 미워하거나 혹은 완전히 존중하

면 마음이라도 편하지, 그러지 못하니 괜히 매일 속만 시끄럽다.

혼자 할 수 있는 일은 없는 건데, 순간순간 닥쳐오는 내 마음을 다스리지도 못하면서 타인의 일 앞에서는 이러쿵저러쿵.

나는 언제쯤 철이 들까?

결국 삶에서 결혼도, 엄마가 되는 것도 지웠다

–

모든 게 새로운, 처음이고 낯설었던 첫 직장에서의 신입사원 시절. 상사들을 파악하고 업무를 익히며 회사 분위기에 적응하던 중 옆 부서에 육아휴직을 끝내고 복귀한 B를 알게 됐다. 당시에는 육아휴직이란 말도 익숙하지 않았기에 '육아휴직도 가능하구나' 정도로 대수롭지 않게 생각했다. 내게 결혼과 출산은 아직 먼일이었고, 늘 어떻게 이직을 할까만 궁리하던 때였으니까.

점심시간엔 최대한 회사 밖에서 광합성을 하며 보내는 걸 철칙으로 여겼지만, 야근의 기운이 느껴지면 점심시간의 자유를 포기했다. 야근만큼은 참을 수 없다는 마음으로 사무실에 앉아 샌드위치를 먹으며 일하고 있는데 B가 배낭을 메고 나가는 게 보였다. '아니 왜 점심시간에 가방을 메고 나가지?' 싶었지만 따로 물어볼 사이는 아니었다. 다시 모니터를 보며 모터 단 손으로 일하기 시작했다. 점심시간이 끝나갈 무렵, 밖으로 나갔던 이들이 손에 커피 한 잔씩 들고 오는데 그 사이로 손에 장바구니를 들고 있는 B가 보였다. 홀쭉했던 배낭도 꽤 묵직해 보였다. 옆 부서 동료들과 이야기를 나누는 걸 얼핏 들으니, 점심시간을 이용해 장을 보고 온 것이었다. 회사 근처에 새로 생긴 마트 채솟값이 싸다는 말과 함께.

B는 회사와 집을 오가는 지하철에서 왕복 3시간을 쓰고, 퇴근 후에는 바로 집에 가서 아이를 봐야 했다. 일하는 시간에는 친정어머니가 대신 아이를 돌봐준다고 했다. 따로 장 볼 시간이 없으니 점심을 급하게 먹고 장을 본 것이다. 그 이후로도 점심시간이 끝날 즈음 꽉 찬 배낭을 메고, 한 손에는 장바구니를 들고 들어오는 B를 심심치 않게 볼 수 있었다. 틈틈이 마트 전단지를 보며 장

볼 목록을 체크하고, 늘 바쁜 걸음으로 다니는 B
를 보며 생각했다.

'B는 언제 쉴 수 있는 걸까?'

'퇴근하고 집에 가면 아이 봐야 할 테고, 집안일도 있
을 텐데.'

'결혼이란 늘 바쁜 걸음으로 쉼 없이 달려야 하는 걸까.'

좀 더 나은 삶을 살아보겠다고 이직한 두 번째
직장에서 나는 옆 부서의 동료 S와 회사 이야기를
하면서 친해졌다. 그는 결혼과 출산, 육아 이후
재취업을 했다. 누구나 알만한 대학과 회사에 다
녔지만, 결혼 전보다 줄어든 연봉에도 개의치 않
고 일할 수 있음에 감사하며 열심히 일했다.

퇴근 후, 집으로 가는 지하철 역사에서 S를 만
났다. 방향이 같아 이런저런 이야기를 나눴다. 서
로의 개인적인 일상을 나누다 S가 내게 물었다.

"보통 퇴근하고 뭐 하세요?" 친구를 만나거나 운동을 한다고 하니, 부럽다는 대답이 이어졌다. S는 바로 어린이집으로 달려가야 한다고 했다. 아이와 함께 퇴근해서 저녁을 먹고, 같이 시간을 보내다가 아이가 잠들면, 집안일을 하다가 잠든다고 했다. S가 보여주는 아이의 사진을 보니 어찌나 사랑스럽던지. 어린이집에서 삐뚤빼뚤 쓴 '엄마 사랑해요' 글씨도, 환하게 웃고 있는 모습도. S도 행복해 보였다. 아침에 아이 등원 준비와 출근 준비, 퇴근 후에는 하원과 아이 돌봄, 집안일까지 빡빡한 하루지만 단란한 가정 속에서 느끼는 안정과 아이로 인해 느끼는 행복감이 느껴졌으니까. 하지만 언제나 그런 것은 아니었다.

　모두가 정신없이 바쁘게 일하고 있는 S네 부서 사람들 틈에서, 시계를 초조하게 바라보며 얼굴이 벌게진 S를 보았다. 야근이 확정된 상황에서 급하게 동네 지인들에게 전화를 돌리며 아이 하원을 부탁하고 있었다. 몇 통의 전화 끝에 S의 퇴근까지 아이를 돌봐주겠다고 한 지인이 나타나 한숨을 돌렸다. S의 책상에 쌓인 서류 더미는 조금씩 줄어들었지만, 틈나는 대로 벽에 걸린 시계를 확인하고, 저녁도 거른 채 일하는 모습은 그다음 주까지 이어졌다. 아이를 지인에게 맡길 수 없을 때는 어린이집에 사정해서 겨우 1시간을 벌었지만, 일을 끝내기엔 턱없이 부족한 시간. S는 상황을 설명하며 동료들에게 양해를 구하고 먼저 퇴근했다. 하지만 처음에는 얼른 가보라던 동료들도 하루이틀 시간이 지나자 S의 사정을 못마땅해했다. 부서 내에서 해야 할 업무는 정해져 있으니 한 사람의 공백은 다른 사람들에게 업무 과중으로 이어졌다. 그 마음을 모를 리 없는 S는 일하면서도 불편한 마음이었고, 어린이집에서 늘 마지막에 홀로 남아있는 아이에게도, 퇴근 시간을 넘겨 아이 옆에 있던 어린이집 선생님에게도 미안해했다. 그 어디에서도 마음 편할 수 없는 S를 보며 생각했다.

'왜 매일 S만 아이를 하원시키는 걸까? 육아의 몫은 엄마에게만 있는 걸까?'

'일과 육아를 함께 한다는 건 어디에서나 죄인이 되어야 한다는 뜻인 걸까?'

'나는 과연 일과 육아를 병행할 수 있을까?'

결혼해서 가정을 꾸리고, 엄마가 되어 살아가는 삶을 꿈꾼 적이 있다. B와 S를 보며 쉬운 일은 아니라 생각했지만 '막상 닥치면 다 하게 되지 않을까? 나는 잘해 낼 수 있지 않을까?' 라는 막연한 자신감도 들었다. 아니, 들었었다. 해를 거듭하면서 나 혼자만으로도 벅차다는 생각이 든다. 나 하나 책임지기 위해 살아가면서 이따금 주어지는 손녀, 딸, 언니 역할도 버거웠다. 결국 삶에서 결혼도, 엄마가 되는 것도 지웠다.

서른둘, 내 한 몸 누일 수 있는 나만의 공간이라고는 부모님 집에 딸린 방 한 칸. 매일 유기견들의 사진을 찾아보지만 한 생명을 책임지는 일의 무게감이 버거워 선뜻 입양할 생각도 못 한다. 결혼과 육아에는 내가 경험해 보지 못한 행복이 분명 있겠지만, 행복만큼 중요한 건 당장 내 삶을 내 힘으로 사는 거니까.

B와 S랑은 1년에 한 번씩 안부를 주고받는다. 둘 다 여전히 일하고 있지만, 아이의 초등학교 입학을 앞두고 퇴사를 고민하는 중이라고 했다. 계속 일을 하고 싶지만 일과 육아를 이어나갈 방법이 없다고. 어떤 말을 해야 할지 몰라 몸 잘 챙기면서 일하라는 말만 전했다. 1년 후에도 2년 후에도 안부를 주고받을 때, 그들이 계속 일하고 있었으면 하지만, 어떻게 될지는 모르겠다.

자영업자로 살아남기

—

오키로북스에서 일한 지 4년이 됐다. 처음에는 '서점에서 일해요'라는 말로 나를 소개하다가 이제는 '서점을 운영하고 있어요'라 말한다. 사업자 등록자상의 대표는 아니지만 나 스스로가 직원이 아닌 운영자의 정체성을 갖고, 또 진짜 운영자가 할 일들을 하다 보니, 이런 소개에 누구도 개의치 않는다. 매달 매출을 고민하고 계산기 두드리며 머리를 쥐어 잡는 영세한 자영업자인 셈.

강연 제안을 받았다. 서점을 운영하는 전문경영인으로서! 그동안 글을 쓰는 사람으로서 강연을 해왔지만 전문경영인이라니. 처음 받는 제안에 어리둥절하면서도 내심 내가 할 말이 있을까 싶은 생각이 들었다. "경희님이 전문경영인으로 오키로북스에 합류하면서 이후의 브랜딩을 위한 장치들이 더욱 촘촘해졌다는 느낌을 받았어요"로 시작되는 제안 메일. 남이 나를 서술하기 위해 쓴 브랜딩, 장치, 전문경영인이라는 단어를 읽고 있자니 '아, 나란 인간 꽤 잘해 냈구나' 싶은 생각에 괜히 허리를 꼿꼿이 세우고 굽어있던 어깨를 쓱 폈다. 설레는 마음으로 강연 제안을 수락하고 시작된 강의 준비.

그런데 막상 강연을 하자니, 어디서부터 어떻게 시작해야 할지 감이 오지 않았다. '그냥 하다 보니까 운이 좋아서 잘된 것 같은데' 하는 맥없는 생각도 들고. 지금이라도 거절을 해야 하나 싶지만 이미 약속을 했으니 깰 수도 없다. 빨리 끝내고 마음의 짐을 내려놓고 싶다는 마음으로 강연 날까지 부지런히 자료를 준비했다.

코로나19 시대라 강연은 온라인으로 진행된다. 실시간으로 서로의 얼굴을 볼 수 있고 채팅도 가능한 프로그램 '줌'을 사용하지만, 실제 노트북 화면에는 PPT 자료와 나의 작은 얼굴만 보인다. 강연 내내 혼자 노트북 화면을 보며 일방적으로 이야기하는 셈이다.

　강연을 시작한 후에는 새로운 주제를 잘 끝내야 한다는 생각에 준비한 말들을 쉼 없이 쏟아내고, 틈틈이 시간을 확인하느라 정신이 없었다. 와중에 가장 많이 한 생각은 '다들 재밌게 듣고 계실까? 나 혼자 떠드는 거 아닐까?' 였다. 그렇게 50분이 흐르고 질문을 주고받는 시간. 채팅창에 질문이 빠르게 올라왔다. 노트북 너머로 내 이야기를 듣고 있는 사람들이 있었구나 싶은 마음에 한숨을 돌렸다. 채팅창 가득 전해지는 청중들의 다정하고 따뜻한 반응을 보고 있으면 괜히 으쓱하게 된다.

　강연을 마치고 출근하러 가는 길. 살다 보니 서점 일로 강연을 하고 돈을 버네 싶었다. 운이 좋아서 지금도 자영업자로 살아가고 있으니 이것도 감사한 일. 그나저나 강연 기회가 주어져서야 그간의 시간을 돌아볼 수 있게 되다니. 나는 지금까지 어떻게 살아남은 걸까?

직장인 정체성을 가지고 회사에 다닐 때는 적당히 내 할 일만 하면서 퇴근을 기다렸다. 업무를 특출나게 잘하기 위해 애쓸 것도 없었다. 나의 길도 뻔했다. 내가 그다음 달성해야 할 일은 승진. 그저 지금 내 사수가 하는 일을 언젠가 내가 하게 되는 것. 내 미래가 궁금하면 팀장님, 그 위에 부장님을 보면 됐으니까. 하지만 서점을 운영하는 일에서 내가 달성해야 할 일은 생존이었고, 무엇을 해야 할지 어떤 방향으로 나아가야 할지 참고할 수 있는 게 아무것도 없었다. 적당히 해야 할 일만 하고 있으면 내 생계가 위협받았다.

살아남기 위해서 공부를 시작했다. 책을 읽고,

온갖 정보를 돈으로 사 모았다. 요즈음 사람들의 관심사는 이렇구나, 세상이 이렇게 흘러가고 있구나, 홍보할 때는 이런 방법으로도 하네? 요즈음에는 이런 서비스가 대세구나. 무작정 돈을 투자해서 공부해 나가기 시작했다. 출근 전에 공부하고, 퇴근하고 공부하고, 누군가 좋은 책이라고 말하는 것, 좋은 강의라 말하는 것, 좋은 콘텐츠라 말하는 건 모두 흡수했다. 그런데 신기했다. 그렇게 공부했던 시간이 돈과 연결됐다. 배운 걸 적용하고 시도했더니 조금씩 성과가 보였다.

오프라인으로 진행하던 모임을 온라인으로도 연결한 것, 뉴스레터와 구독 서비스가 흐름일 때에는 서점 멤버십 서비스를 만든 일 등이다. 물론 실패도 많이 했지만, '아님 말고' 하는 마음으로 계속 시도했다. 꾸준히 공부한 덕인지 하나씩 시도했던 것들이 코로나19 시대를 살아남을 수 있는 단단한 기반이 됐다.

2020년 초, 코로나19가 시작되면서 쉼 없이 울리는 재난 문자와 확진자 이동 경로 알림을 받는 게 일상이 됐다. 사람 만나는 일이 쉽지 않았다. 자연스럽게 오프라인 기반의 매출도 덩달아 떨어지기 시작했다. 뉴스를 보며 고민했다. 오프라인 매장 운영을 중단할까? 그에 따른 업무의 변화와 달라지는 근무 형태에 대한 결정은 어쩌지? 그 누구도 앞으로의 상황을 알 수 없었다.

"문을 닫자."
"그래도 조심스럽게 운영하자."
"이게 최선일까?"
"어떤 방법이 좋을까?"

저마다 다른 동료들의 의견을 들으며 이러지도 저러지도 못하는 사이 일도 제대로 할 수 없게 되자, 오프라인 매장 운영을 접기로 했다. 낯선 이들이 매일 오가는 공간을 운영하며 감당해야 하는 감염병에 대한 불안감이 컸고, 오프라인의 활동 영역이 점점 제한되는 시점에 선택과 집중이 필요하다고 판단했다. 곧바로 온라인 업무로의 확장과 재택근무가 시작됐다. 이렇게 해도 되는 걸까 싶었지만, 단호해야 했다. 확실한 건 아무것도 없지만 결정을 내리지 못하고 시간만 지체하고 있을 경우의 매출 타격을 감당할 수 없을 테니까.

그 결정으로부터 1년이 지난 지금, 그때 단호하게 결정하지 못했으면 크게 휘청거렸을 거라 확신한다. 한두 달의 적자야 급여를 가져가지 않는 선에서 해결할 수 있지만 6개월, 1년 지속됐다면 그 시간을 메꿀 수 있는 충분한 여유 자금이 없었으니 포기해야 하는 순간을 맞았을 거다.

사람과의 관계에서도 '좋은 게 좋은 거지', '이번만 넘어가자', '괜히 말하면 불편해지는 거 아닐까', '말한다고 바뀔까' 싶어서 삼킨 일들은 기어코 상처가 된다. 상처받을까 싶어 단호하지 못했는데 결국엔 상처가 되고, 상처 위에 상처가 쌓이다 보면 도려내야 할 때를 마주한다. 단호함은 수련이 필요한 일이다. 책을 읽는다고, 시간을 들인다고 해서 당장 단호해지는 능력을 가질 수는 없다.

단호함을 기르는 방법은 여전히 모르고, 단호한 결정을 하려 하지만 어렵다. 수천 번의 고민 끝에 선택하고, 그 결정을 최선으로 만들기 위해 애쓸 뿐이다. 그저 계속 살아남기 위해 계속 공부하고, 단호함을 키우려 고민하며 할 수 있는 걸 다 해보는 수밖에.

연차가 쌓이는 만큼 고민의 무게도 더해진다. 또 예상치 못한 고민이 나를 기다리고 있겠지만, 시간이 좀 더 지나면 지금의 고민들은 가벼워지겠지.

테슬라, 애플 그리고 나

—

온라인 기반으로 서점을 운영하고 있다 보니 실시간 매출도 손쉽게 확인이 가능하다. 일할 때는 80번, 쉬는 날에는 46번 정도 당일 매출을 확인한다. 매달 말일에는 월 매출을 정리한다. 그렇게 지낸 지 4년째인데 매달 '아, 언제까지 이렇게 살아야 하지. 뭘 해야 먹고살 수 있지?' 생각한다. 매일, 매달 먹고사는 일을 고민한다. 도대체 언제쯤이면 매출에 쫄지 않고 '이제 돈 버는 방법을 알 것 같아' 말하며 여유를 즐길 수 있을까?

이상한 말이지만 책만 팔아서는 서점 운영이 불가능하다. 만 원짜리 책 한 권 팔아서 남는 돈은 3000원. 여기서 카드 수수료, 책 발송 시 드는 포장 부자재 가격을 제외하면 손에 쥐어지는 돈은 2000원이다. 순이익이 적으면 많이 팔면 된다.

하지만 하루 평균 100권 이상 파는 게 쉽지 않다. 나름 책 좀 팔아서 출판사와 저자로부터 감사의 편지도 종종 받는 업체인데 말이다. 운이 좋아 하루에 책 100권을 팔아도 남는 돈은 20만 원 남짓. 이 돈으로 월세, 세금, 인건비를 충당하는 게 쉽지 않다.

책 판매만으로는 매출을 낼 수 없으니 책을 직접 만들기도 하고, 책을 기반으로 다양한 모임을 진행한다. 책을 만드는 워크숍, 글 쓰는 모임, 책을 읽고 공부하는 모임, 재테크 모임 등 할 수 있는 건 다 해본다. 책 판매가 부진할 때는 모임에서 나오는 매출이 꽤 도움이 된다. 다양하게 수익 구조를 만들어 놨으니 루틴대로 하면서 살고 싶지만, 역시나 삶은 호락호락하지 않다.

세상은 빠르게 흘러가고 사람들은 늘 새로운 걸 원한다. 그러니 덩달아 늘 새로운 책을 판매하고,

새로운 책을 만들고, 새로운 모임을 기획해야 한다. 하늘 아래 새로운 게 없는데 자꾸 새로운 걸 만들어야 하다 보니 '신상'이라 하면 정말 머리가 지끈거린다. 예전에는 좋아하는 카페에서 신메뉴가 나오면 '우와, 궁금해! 맛있겠다' 싶었지만 이제는 연민이 든다. '아, 음료 개발팀은 또 얼마나 고생했을까? 계절마다 신메뉴를 만드느라 얼마나 머리를 쥐어 잡았을까?' 결국 전국 1위 음료는 작년도 올해도, 오늘도 내일도 아메리카노가 될 텐데 말이다.

안타깝게도 아메리카노처럼 부동의 안전 매출 수익이 없는 아직은 영세한 서점으로서는 부지런히 새로운 걸 기획해야 한다. 게다가 앞으로도 매일 커피 한 잔 사 먹는 건 익숙해져도, 매일 책 한 권씩 사는 사람은 늘어나지 않을 테니 더 부지런히 일해야 한다.

잠 줄여가며 야심 차게 기획한 모임이 순항한다. 드디어 아메리카노 같은 탄탄한 모임을 기획한 건가 싶지만, 어느 순간 마감되는 속도가 느려진다. 새로운 걸 준비해야 할 때가 온 것이다. 자, 그럼 모든 업무를 멈추고 새로운 기획 준비를 해야지! 할 수도 없다. 기존의 업무는 그대로 하면서 새로운 기획도 준비해야 한다. 출근 전엔 카페에서, 퇴근 후엔 집에서 애쓰고 있을 때면 '내가 무슨 부귀영화를 누리자고 이렇게 머리 싸매며 살아야 하는 건가? 그냥 적당히 매달, 매일 해야 하는 반복적인 업무만 능숙하게 하면서 살면 얼마나 편할까?' 생각한다.

며칠 전, 잘 먹고 잘살기 위해서는 매일 신문을 보며 공부해야 한다고 주장하는 친구가 내게 말했다.

"애플의 매출 50퍼센트가 아이폰에서 나온데.

근데 팀 쿡도 고민이 많아서 자꾸 이것저것 만드는 거래."

애플은 세계 시가총액 1위 기업이 아닌가? 그런 기업을 운영하는 팀 쿡이 내가 하는 고민을 하고 있었다. 에어팟, 홈팟에 이어 애플카가 나오느니 마느니 하는 마당에 새로운 먹거리를 위해서까지 애쓰고 있다. 애플뿐인가? 테슬라도 마찬가지다. 자율주행 자동차뿐만 아니라 보험, 플랫폼 비즈니스 등 다양한 영역에서 돈을 벌고자 머리를 쓰고 있다. 애플은 휴대폰, 노트북 만드는 회사 아니었어? 테슬라는 전기자동차 만드는 회사 아니었어? 싶겠지만, 실제로는 그들도 계속 다양한 사업을 시도하고 있는 셈. 어찌 알았냐고? 나는 애플과 테슬라의 주주다. 급여 소득만으로는 삶을 꾸리기 넉넉지 않아 주식을 시작했다. 서점을 운영하는 나 역시도, 서점 운영과 글 쓰는 일만으로는 안 되겠다 싶어 다양한 관심사를 두고 파이프라인을 늘리는 중이다.

매일 내가 하는 고민이 비단 영세한 자영업자만 하는 게 아니라, 날고 기는 경영자들도 똑같이 하고 있다고 생각하니 어째 마음이 조금은 가벼워진다. 당장 내가 가지고 있는 고민이 덜어지는 건 아니지만, 먹고사는 일의 숙명이구나 싶어서. '전 세계에 내 제품을 알리겠어' 혹은 '천문학적인 재산을 모으겠어' 같은 목표로 사는 건 아니어도 말이다.

이 글을 쓰는 와중에도 나는 온라인 홈페이지에 접속해서 9번 더 매출을 확인했다. 그러고는 '서점 인스타그램 계정에 책 한 권을 홍보할까? 새롭게 진행하는 모임을 홍보할까? 새로운 워크숍을 기획해 볼까? 아니면 이제 옷을 팔아볼까? 음식도 괜찮지 않을까?' 생각하다 책 한 권을 읽고 홍보했다. 일과 일 사이를 오가며 살아간다.

자기 성격의 장·단점을 서술하시오

—

첫 회사를 그만두고 백수로 보낸 시간이 3개월이 넘어갔을 때, 더는 이렇게 지낼 수 없다는 조급함이 생겨 채용공고가 보이는 대로 이력서를 넣기 시작했다. 하루건너 한 번씩 면접을 보러 다녔다. 가방엔 늘 운동화를 챙겨 면접이 끝남과 동시에 구두에서 운동화로 갈아신었다.

그날도 그런 날이었다. 한 명 뽑는 자리에 무슨 사람들이 그리도 많이 지원하는지. 면접장에 도착해서 나와 같은 처지인 이들을 보며 생각했다.

'그래도 나는 1년의 경력이 있단다, 훗.'

쫄지 않아 정신으로 대기실에 앉아있는데, 담당자가 대뜸 면접자들에게 종이를 나눠주는 게 아닌가? 뭔가 싶어 받았더니 나의 강점과 약점, 삶에서 기회를 어떻게 만들어 냈는지, 위기는 어떻게 극복했는지 적어보라는 내용이었다. 이력서 한

장과 5분 남짓한 면접으로 함께 일할 직원을 뽑는 것은 꽤 위험이 있는 일이니, 인재를 잘 뽑기 위한 나름의 강구책이었겠지.

자신이 생각하는 장단점에 대해 객관적으로 적어보라고 했다. 가만 보자. 늘 내가 가진 능력과 잠재력을 고평가하는 나는 장점을 순식간에 채워 넣었다. 하지만 단점을 적을 때가 오자 머뭇거렸다. '날 뽑아줘'라고 말해야 하는 상황에서 단점을 그대로 드러내는 게 과연 괜찮을까? 나를 시험에 들게 하는 건가? 싶었지만 솔직해지기로 했다. 내게는 단점을 만회할 만한 장점들이 많으니까. 그래서 적었다. '꼼꼼하지 못함.'

종이 한 장에 빼곡히 적힌 질문들을 다 채웠다. 비슷한 흰색 블라우스와 검은색 정장을 입고 있는 여덟 명의 면접자와 함께 면접장에 들어갔다. 1분 자기소개를 마치고 나니, 인사담당자들은 정신없이 이력서와 방금 작성한 종이를 넘기며 질문을 쏟아내기 시작했다. 내 차례가 다가왔다. 심장이 왜 이리 쿵쿵거리는지. 때마침 이어지는 뼈아픈 질문.

"여기 꼼꼼하지 못함을 약점으로 적어주셨는데, 일하면서 꼼꼼하지 못하다는 말인가요."

단점 같지 않은 단점을 적었어야 했는데 내가 순진했다. 대기실에서 잔뜩 키워둔 자신감 있는 나의 모습은 온데간데없고 염소 목소리로 답했다.

"아……, 꼼꼼하지 못하지만 일의 속도가 빨라서 두 번, 세 번 점검하며 만회할 것입니다."

안타깝게도 회사는 덜 꼼꼼하지만 장점 많은 인재를 알아보지 못했고, 나는 면접장에서 여덟 개의 장점을 선보이고 한 개의 단점을 만회하는 모습을 보여주지 못했다. '쳇 당신들 이거 실수하는 거야!! 손해 보는 일이라고!!'

뜬금없이 즐겁지도 않은 그때의 기억이 떠오른 건,

인사고과에 적힌 평가를 납득하지 못하는 동료가 내게 와서 씩씩거렸기 때문이다. 자기만큼 성실하게 일하는 사람이 없는데, 인사고과를 너무 엉망으로 받았다고 했다. 업무 수행 능력과 보고 능력에서 최하점을 받았는데, 그럴 리가 없다며 상사가 자기를 싫어해서 일부로 그런 거라고 말했다. 한참을 동료의 이야기를 들으며 나는 망설였다. 널 인간적으로 싫어해서 그런 평가를 한 게 아닐 거라고, 정확한 평가를 했을 뿐이라고. 하지만 끝내 말하지 않았다. 좋은 일도 아닌데 굳이 말을 보태고 싶지 않았다.

그 친구는 성실하게 일했다. 별개로 허술했다. 성실하게 보고서를 작성했지만 빈틈이 많아 매번 반려당했다. 업무에 필요한 프로그램을 다룰 때마다 버벅거리면서도 그에 따른 실수를 본인의 능력 부족이라 생각하지 않았다. 제대로 해오라는 상사의 말에 "왜 저렇게 예민한 거야?"라고 반응했다. 성실하게 일했지만 꼼꼼하지 못해 오류와 실수가 잦았고, 도구를 다루는 능력이 떨어짐에도 익숙해지기 위해 노력할 생각을 못 했다. 그는 자신의 약점을 전혀 모르고 있었다. 이어지는 조언도 잔소리로 치부하며 불평할 뿐이었다.

6년 전, 면접장에서 단점을 적어 내라는 말에 내가 순수하게 단점을 적어 내려갈 수 있었던 건, 이전 상사가 내게 건넨 말들을 악의 없이 받아들였기 때문이다.

"경희씨, 다 좋은데 꼼꼼함이 부족하네요. 매번 한두 개씩 빠트리거나, 실수하네요."

처음에는 잔뜩 긴장해서 "네!"라 대답했다. 두 번째 그 말을 들었을 때는 '별거 아닌 것 같은데 너무 깐깐하시네' 생각했다. 그런데 또 꼼꼼함에 대한 지적을 받자, 나 계속 똑같은 지적을 받고 있구나 싶어서 아차 했다. 반복되는 실수에 화를 낼 법도 했는데 상사는 매번 "업무를 다 끝내고 나서는 꼭 두 번 최종 확인해 보세요"라고 차분하게 말해줬다. 정확하게 실수를 짚어주고 실수를 보완할 방법까지 알려준 상사 덕분에, 나 또한 감정적으로 받아들이지 않았다.

물론 그 한마디로 내가 완벽하게 꼼꼼한 사람으로 거듭난 건 아니다. 사람이 하루아침에 변할 수는 없다. 여전히 꼼꼼하지 못할 때가 있다. 하지만 한 번, 두 번 최종 확인을 하면서 실수하는 빈도를 최대한 줄여나가고 있다. 나의 장점을 알고 있는 것도 중요하지만, 단점을 정확히 아는 것도 중요하니까. 때로는 여덟 개의 장점보다 한 개의 단점이 더 치명적일 수 있으니까.

단점만 열거하지 않고 피드백을 주면서 조언해주는 일, 그 조언을 악의 없이 받아들이고 자신을 되돌아보는 일. 그 사이에서 밥벌이의 능력이 길러지는 거겠지?

하나를 보면
열을 알 수 있을지도

—

두근두근, 오키로북스가 첫 공개채용을 하기로 결정했다. 현실적으로 숫자와 씨름해 보면 현 상황에서 누군가를 채용하는 건 매우 큰 모험이다. 매일, 매달 매출을 고민하는 상황. 계산기를 백번 두드려 봐도 무모한 짓. 한 사람의 채용은 단순히 한 사람의 급여를 주는 것에서 끝나는 게 아니다.

한 사람의 월 급여가 100만 원이라고 하자. 통상적으로 급여에는 노동자와 사업자(회사)가 50퍼센트씩 부담해야 하는 4대 보험료가 포함되어 있다. 노동자는 대략 급여의 10~15퍼센트에 해당하는 4대 보험료가 공제된 급여를 받고, 사업자는 그만큼의 부담금을 낸다. 보험료가 급여의 10퍼센트면 노동자는 90만 원을 받고(원천세 제외) 사업자는 급여+보험 부담금 해서 총 110만 원을 지출한다. 여기에서 끝나는 게 아니다. 일정 기간 근로를 제공하고 퇴직하는 경우에 퇴직금을 지급하게 되는데, 통상 최근 3개월 급여를 기준으로 한 달 평균에 해당하는 금액을 지불하게 된다. 1년이 됐을 때 퇴직하게 된다고 가정하면 퇴직금은 100만 원. 급여+보험 부담금+퇴직금 고려하면 사업자의 매달 지출은 약 118만 원이다. 여기에 직원을 고용하게 되면서 필요한 책상, 컴퓨터 등 자잘한 부대 비용까지 계산하면 매달 지불하는 급여 이상의 돈이 필요한 셈이다.

그럼에도 채용을 결정한 이유는 더 나아가기 위해서다. 더 잘하고 싶고, 시너지 효과를 내기 위해서. 매일 겨우겨우 살아가면서도, 더 나은 삶을 위해 더 아등바등 살기를 택하다니……

업무 내용, 노동 조건에 대한 부분을 쓰고 채용 공고를 올렸다. 올린 지 2시간도 안 됐는데 조회 수가 100, 200, 300……. 금방금방 올라갔다.

다음 날도 채용공고에 관심을 보이는 이들은 많았지만 정작 이력서가 첨부된 메일은 오지 않았다. 일하면서 틈날 때마다 메일함을 확인했다. 5인 미만의 작은 서점, 아는 사람만 아는 곳에 입사 지원을 하는 게 쉬운 일은 아닐 터. 이왕이면 남들 다 알만한 곳에서 일하고 싶은 게 사람 마음이니까. 급여가 높은 것도 아니고…….

서로 결이 맞고, 함께 으쌰으쌰할 수 있는 사람이 오길 바랐다. 딱 맞는 사람이 없을 때는 채용을 할 수 없겠다는 마음으로. 하루에 8시간씩 일주일에 5일을 봐야 하는 사람과 결이 맞지 않으면 서로 얼마나 괴롭겠나. 리스크를 최대한 줄이고 싶었다.

그렇게 반쯤 마음을 비우고 있을 때 메일 하나가 도착했다. 첫 번째 입사 지원 메일. 공고를 올린 지 이틀 후 첫 번째 지원 메일이 왔고, 이어서 주르르 오기 시작했다. '입사 지원합니다'라는 메일 제목을 클릭하고 하나씩 읽어나가기 시작했다. 그런데 이상하지. 메일을 열고 단 3초 만에 나는 이 메일의 주인이 면접을 볼 수 있는 사람인지, 거절 메일을 받을 사람인지 알 수 있었다. 어른들이 하나를 보면 열을 알 수 있다는 말에 늘 하나를 보면서 어떻게 열을 아냐고, 사람이 가진 하나의 모습만으로 그 사람을 판단할 수 있겠냐 말했는데, 아니었다! 하나를 보면 열을 알 수 있는 게 있었다.

지원 메일은 두 가지 타입으로 나뉘었다. 첫 번째 타입, 메일 본문에 자기소개를 하고 이력서를 첨부한다. 대체로 제출 서류에 대한 짤막한 설명과 함께 자신의 장점을 살짝 어필한다. 가령 자신의 밝은 성격을, 유연한 마인드를 말하며 인사로 마무리한다. 그리고 두 번째 타입은 무. 없을 무(無). 그냥 아무런 내용이 없다. 메일 본문에 아무런 내용이 없고, 덩그러니 이력서 파일만 첨부되어 있다.

'메일을 보내다가 오류가 났나?'

'혹여 실수로 본문 내용이 지워진 것일 수도 있어.'

'어차피 중요한 건 이력서와 포트폴리오니까, 뭐.'

한 사람을 지극히 단편적인 모습으로 평가하지 않기 위해 마음을 다잡았다. '이걸로 판단해 버리면 너무 억울하지 않겠어? 입사를 바라는 이의 입장에서도, 좋은 인재를 찾기 위한 내 입장에서도.' 그러나 첨부된 파일을 열어보면 안타깝게도 나의 예상은 적중했다. 채용사이트 이력서를 복사 붙여넣기한 이력서. 이력서 양식이 거기서 거기겠지만, 그대로 복사 붙여넣기해서 행간이나 자간은커녕 정렬도 제대로 안 된 이력서를 보자니 어째 마음을 줄 수 없다.

물론 나라고 그런 적이 없겠는가? 이력서 하나 만들어서 이 회사, 저 회사 수백 곳에 보냈다. 입사 지원을 할 때 회사 이름을 다르게 적은 적도 있으니 말 다했다. 하루에 수십 개씩 쓰다 보면 내가 어디에 쓰는지도 모르고 그저 정신없이 입사 지원하기 바쁘니까.

그뿐인가? 메일을 보내다 보면 실수할 일도 정말 많다. 최근에도 제휴 이벤트 건으로 업체와 연락을 주고받는데, '제휴 이벤트'를 '제츄 이벤트'로 써서 보낸 적이 있다. 인사도 없이 이력서만 보낸 입사 지원자랑 크게 다를 바 없다. 업무 메일의 맞춤법이 틀린 모습만 놓고 본다면 '꼼꼼하지 못한 사람이군', '급하게 일을 처리하는 사람이군'으로 평가될 수 있으니까. 내 경우 다행인 점은 만회할 수 있는 시간과 기회가 있다는 것. 계속 일을 하면서, 그 외의 모습에서는 프로의 모습을 보여주면 '일을 잘하는 사람인데, 한 번 실수를 했던 거구나' 하며 개의치 않고 넘어갈 수 있을 테니 말이다.

다만, 안타깝게도 채용 시에는 만회할 수 있는 기회가 쉽게 주어지지 않는다. 서로 함께 천천히 들여다볼 수 있는 시간이 없으니까. 어쩌면 대부분의 관계가 이렇지 않을까? 서로의 단면만 보고, 그 단면으로 그 사람을 평가하는 일.

이제 서류 접수 마감일이다. 과연 누구와 일하게 될지는 모르겠지만, 메일을 보낼 준비를 한다.

'입사 지원해 주셔서 감사하지만 안타깝게도 모실 수 없음을 알립니다'로 시작하는 거절 메일과 혹시 면접할 수 있냐는 메일. 과연 누구와 함께하게 될지는 모르겠다.

백화점에 돈 벌러 갑니다

–

인스타그램의 알고리즘은 또 무엇이란 말인가? 북스타그램을 이용하는 이들을 팔로우하고, 그들의 게시물에 '좋아요'를 누르면 어김없이 추천 페이지에 책과 관련된 사람들이 뜬다. 작가, 독자, 출판 관계자들. 하루는 하릴없이 인스타그램으로 시간을 때우고 있는데, 짧은 글에 2만이 넘는 좋아요를 받은 정체 모를 인스타그램과 마주했다. 꽤 멋진 풍경 사진을 바탕으로 저자가 쓴 글을 올려놓은 피드였다. 댓글에는 공감한다는 글이 줄을 이었다.

그리고 간간이 나오는 "오늘 광주에서 만난 분들 감사했습니다"라는 선물 인증 피드. 도대체 뭔가 싶어 확인해 보니 저자의 백화점 강연 홍보와 후기 및 감사 피드였다. 나도 책 좀 읽는 사람인데, 이 사람은 누구길래 이렇게 백화점 강연을 다니는 걸까?

생각해 보자. 백화점이란 돈을 쓰기 위해 가는 곳인데, 왜 백화점에서 강연을 하는 거지?

변화하는 시대에 맞춰 백화점이 구매력 있는 2030 고객을 잡기 위해 그들을 대상으로 문화센터를 집중적으로 강화한 것이다. 나는 백화점 문화센터라고 하면 부모들이 어린아이들과 함께 가서 시간을 보내는 공간이라 생각했는데, 어느 순간부터 북 토크도 진행하고 있었다. 북 토크, 북토크라……. 그러니까 내가 인스타그램에서 본 저자는 백화점에 돈을 쓰러 가는 게 아니라 돈을 벌러 가는 거였다. 장윤정, 송가인 버금가는 행사의 왕으로 전국 백화점을 돌며 강연하고 돈을 버는 사람이 있다니. 그것도 작가가.

놀라운 발견 후 시간이 한참 흘렀고, 여느 날처럼 하릴없이 노트북을 붙잡고 있던 나는 새로 온 메일 하나를 클릭했다. 메일 제목에 버젓이 쓰여

있는 'OOO 백화점'. 백화점은 잘 가지도 않는데, 광고 메일이야? 싶은 마음으로 열었는데 이게 웬걸. 한 백화점 지점에서 내게 강의를 제안하는 메일이었다. 백화점이라니, 강의라니. 아니, 이게 무슨 일인가, 이게 무슨 일인가?

고민할 것도 없었다. 바로 오케이였다. '가능합니다. 감사합니다'라는 답장을 보냈더니 회신이 왔다. 혹시 타점에서도 강의 개설 요청이 있다면 정리해서 일정을 보내줘도 되냐고 했다. 아니 이게 무슨 일이야? 일회성 이벤트로만 생각했던 일이 커졌다. 나는 무조건 내게 온 기회를 잡기 위해 그저 알겠다고 답했다. 후에 알게 된 사실인데, 백화점 한 지점의 아카데미 매니저님이 내 책을 읽어주신 독자셨다. 감사하게도 책을 재밌게 봐주셨고, 내 인스타그램을 팔로우하고 있다가 강의 제안을 주셨던 거다. 예상치 못한 기회였다.

교통편이고, 날짜고, 위치도 생각하지도 않고 오케이했고, 그해 가을 광주를 시작으로 전국 일주를 시작했다. 기차, 버스, 택시뿐만 아니라 비행기까지 동원해서 말이다.

열심히 준비했다. 모두 당일치기로 인천에서 광주, 인천에서 김해를 찍는 여정을 끝마치니 통장에 돈이 쌓이기 시작했다. 잘 만들어 놓은 하나의 콘텐츠가 주는 힘이 대단했다. 게다가 똑같은 말을 계속하다 보니 강의 실력까지 느는 게 아닌가? 처음엔 발표 자료를 준비해 놓고, 대본까지 작성해서 달달 외웠는데 나중에는 화면을 보지 않고도 충분했다. 중간중간 시간을 확인하고, 사람들의 눈을 마주 보며 여유 있게 진행을 이어나갔다.

그런데 사람들의 마음은 알 수 없다. 내 앞에 앉아서 이야기를 듣고 있는 이의 입꼬리가 30도 이상 올라가지 않으면 나는 자괴감을 느끼기 시작

했다. 유난히 반응이 좋은 곳이 있고, 유난히 무
반응인 곳이 있었다. 똑같이 90분을 이야기해도
에너지를 얻고 끝내는 경우가 있고, 반대로 3일
치 에너지를 다 소진당하고 끝내는 경우가 있었
다. 하루는 '아, 오늘 망했네' 싶었던 강의가 있
었다. 뭐 이런 날도 있지 하는 마음으로 스스로를
달래며 집에 도착했더니, 인스타그램으로 메시지
가 와있었다.

'작가님 오늘 강연 너무 좋았어요.'

그런 메시지가 주는 힘은 엄청나다. 또 한편으
로는 그렇게 좋았다면 호응 좀 해주시지 하는 원
망 아닌 원망도 들었다. 내가 통제할 수 없는 여
러가지 일들로 스트레스를 받았지만, 나는 전국
투어를 멈추지 않았다. 한 달에 적게는 네 개, 많
게는 열두 개의 강의를 다녔을 때 통장에 쌓이는
돈이 너무나 달콤했다.

하지만 모든 일에는 장점이 있으면 단점이 있는 법. 하나의 콘텐츠로 장소만 바꿔가며 이야기를 하다 보니 매번 준비에 대한 부담은 적었지만, 지겨워졌다. 그때 나는 인기 가수의 마음을 알 수 있었다. 한 곡이 유명해지면 마냥 돈 많이 벌겠다고만 생각했지 행사 뛰느라 똑같은 노래를 수천 번 불러야 할 가수의 지겨움은 생각하지 못했다.

게다가 점점 나의 한계를 마주하게 됐다. 서른 명 앞에서 이야기하는 것과 아홉 명 앞에서 이야기하는 건 다른 차원의 일이었다. 한 명이 오든 백 명이 오든 내가 받는 강의비는 똑같았지만, 내 마음마저 똑같을 수는 없었다. 몇 개의 지점에서는 정원 미달로 폐강이 되기도 했는데, 그 전화를 받은 날엔 종일 축 처져있기도 했다. 아직 갈 길이 멀구나 싶은 마음과 더불어 알 수 없는 패배감에 휩싸였다. 도대체 누구와 싸웠냐 물으면 알 수 없지만 말이다.

한 달, 두 달이 지나자 버거워지기 시작했다. 주 5일은 서점에서 일하고, 반차를 써가며 저녁 강의를 하러 가고, 쉬는 날에는 지방 강연을 다녔다. 게다가 어떤 날은 하루에 두 곳을 가기도 했다. 그런 날의 시작은 이러했다. 새벽 3시에 눈을 뜨고, 3시 30분에 집에서 나와 인천에서 서울역으로 향하는 택시를 겨우 잡는다. 뻥 뚫린 양화대교를 달리며 서울역으로 향한다. 나를 반기는 건 맥도날드. 끼니를 때우고 창원으로 향하는 KTX에 몸을 싣고 잠에서 깨면, 다시 택시를 타고 백화점으로 향한다. 강의를 끝내면 다시 버스를 타고, 마산으로 달린다. 도착해서 다시 강연을 끝내고, 서울역으로, 그리고 다시 1시간 반을 걸려 인천으로 향한다. 그러면 녹다운이 된다. 그런데도 하루에 두 곳을 뛰었으니 고생한 보람이 있다 생각하며 잠들었다.

누군가는 부지런히 백화점 강연을 다니는 날 보며 "전국 투어네, 전국 투어"라 말하며 부러워했지만 사실은 이런 속사정도 있었다. 굳이 내가 드러내지 않았을 뿐. 하여 나는 내가 부러워하는 그 누군가에게도 속사정이 있지 않을까 종종 생각해 본다.

스물한 끼

돈을 버는 것과
말의 무게를 견디는 것

—

KTX 마일리지를 쌓아가며, 전국 방방곡곡에 백화점 강의를 다니는 사람이 됐다. 처음에는 '내게 이런 제안이?' 싶어서 신기한 마음에 시작한 일. 그런데 일이 점점 커졌다. 무사히 가을학기를 마치자 각 지점에서는 겨울학기에 대한 강연 제안이 이어졌다. 물론 새로운 주제였다. 가을학기에 열 곳이 넘는 지역을 다니며 체력이 달렸기 때문에 가을이 끝나갈 무렵에는 '아, 힘들어서 더는 못 하겠다' 싶은 마음이었지만 바로 거절할 수도 없었다. 독자들과 직접 만나 소통하는 경험이 주된 이유는 아니었다. 힘들지만 계속 이어나갈 수 있었던 건 통장에 찍히는 숫자와 기차 타고 다니며 만끽하는 출장의 맛 때문이었다. 차곡차곡 쌓여가는 돈과 기차 타고 출장 다니며 느끼는 '아, 이제 나도 어른이구나. 이거 영화에서 보던 거잖아' 라는 만족감. '힘들어서 못 하겠다'는 '몸이 좀 힘든 것쯤이야'로 바뀌게 됐다.

가을학기에 이어 겨울학기 강연을 맡기로 했다. 이제 새로운 강연 주제를 생각해야 했다. 글쓰기도, 독립 출판도 아닌 새로운 이야기를. '내가 잘할 수 있는 주제가 뭘까? 시간과 돈을 들여 나를 찾아온 이들에게 조금이라도 도움이 될 수 있는 게 뭐가 있을까?' 싶어 정한 주제는 〈직업과 좋아하는 일, 우리가 살아가는 법〉. 두 번의 입사와 퇴사, 창업, 그리고 작가가 되고 서점에서 일하며 살기까지의 여정을 들려주면 되겠다 싶었다. 직업 상담사 자격증을 갖고 있고, 취업 관련 경력도 있었으니 말이다. 대단한 사람은 아니지만 충분히 할 수 있는 이야기였다. 나의 산전수전이 빛을 볼 때가 됐다. 역시 뭐든 쓸데없는 경험은 없다 생각하며 신나게 강의 준비를 했다.

강연이 시작됐다. 직업이란 무엇인지, 내가 지금의 직업을 찾기까지 헤맨 여정, 직업과 일을 정의하고 좋아하는 일을 찾는 방법까지. 만족스러웠다. 강의 마지막에는 "자! 여러분 경험해 보셔야 합니다. 움직이지 않고, 가만히 앉아서 내가 좋아하는 일은 뭘까 고민만 하는 건 아무런 소용이 없어요"라 떠들었다. 누가 보면 미국의 유명 자기계발 코치라도 되는 줄 알았을 것이다. 어깨에 힘을 주고 이따금 웃으며 능숙하게 말했으니까.

그렇게 계속 똑같은 말을 반복하며 서울, 대전, 대구, 부산 여기저기 돌아다녔다. '나란 녀석 대단하군.' 우쭐거리며 부산에서 밤 기차를 타고 집으로 돌아가는 길이었다. 늦은 밤 부산에서 서울로 향하는 기차에는 사람이 별로 없었고, 피곤했지만 쉬이 잠이 오지 않아 밤 풍경만 멍하니 바라보고 있는데 문득 스치는 생각. '내가 지금 무슨 소리를 하고 다니는 거지?'

1주 전 강연을 끝내고 질문을 받는 시간이었다. "작가님처럼 좋아하는 일을 찾고 돈을 벌 수 있는 삶이 어떻게 가능한 걸까요? 저는 너무 힘들어요. 매달 부모님에게 생활비도 드려야 하고, 학자금도 갚아나가야 하고……"라는 질문이 날아들었다. 내가 겪어본 적 없는 삶의 무게였다. 어떻게 가능하냐는 말에 '저도 잘 모르겠네요'라고 말할 수는 없었다. 어떻게든 답을 줘야 한다는 생각이 있었지만, 결국 내가 내뱉은 말은 "아……, 그렇죠. 힘들겠네요. 다 힘들죠. 맞아요". 이후에 어떻게 마무리가 됐는지, 그분의 표정이 어땠는지는 기억나지 않는다. 평소와 같이 마무리를 했다. 그리고 잊었다. 그런데 불현듯 그 기억이 떠오르며 내가 지금 무슨 말을 하고 다니는 건지, 과연 내가 이렇게 사람들 앞에서 말할 자격이 있는지 의심이 들기 시작했다.

몰랐다. 좋아하는 일을 찾을 시도 자체가 사치인 사람들이 있다는 걸. 부모님 집에서 얹혀사는 내게 당장 내 한 몸 뉠 곳에 대한 불안은 없었다. 굶어 죽을 일도 없었다. 내가 두 번의 퇴사와 창업을 할 수 있었던 건 내가 용기가 있어서가 아니라 내가 그런 선택을 해도, 설사 그 선택이 실패라 해도 겪게 될 위험이 크지 않았기 때문이다.

경험에는 시간과 돈이 필요하다. 내가 뭘 좋아하는지, 뭘 잘하는지 알아볼 수 있는 것은 누구에게나 가능한 일이 아니었다. 지금까지 나는 한겨울에 100만 원짜리 겨울 패딩을 입은 채, 여름옷 두 벌을 껴입고 추위를 견디고 있는 이들에게 '춥다고 움츠러들면 안 됩니다. 움직여야 합니다. 시도해야 합니다' 라는 말을 떠들고 다닌 건 아니었을까?

누군가는 내가 건넨 말이 도움이 됐다고, 용기

를 얻었다고, 혹은 글쓰기를 시작해서 책을 만들
수 있었다고 했다. 하지만 마음은 여전히 무거웠
다. 캄캄한 밤, 기차에 앉아 서울로 향하는 길, 서
울역에 내려 인천으로 가는 택시에서도 그 생각은
꼬리에 꼬리를 물었다. 적지 않은 돈을 받고, 누
군가 앞에서 이야기한다는 것. 내 삶을 기본값이
라 여기며 떠든 게 건방지지 않았나 하는 생각이
들었다. 그렇지만 일상을 잠식할 만큼의 사건은
아니었다. 다음 날 나는 또 정신없이 일정을 계획
하고, 기차표를 예약했으니까.

　겨울의 끝자락, 이어지는 봄 학기 강연 제안을
거절했다. 확고한 말의 무게 때문은 아니었다. 강
의를 수락했을 때 통장에 쌓이게 될 돈을 생각하
며 이리저리 재면서 고민했다. 누군가는 내 이야
기가 도움이 될 수도 있고, 기회가 될 수도 있지만
또 다른 누군가에게는 내 삶이, 내가 내뱉는 말이

좌절일 수도 있겠다 생각하니 덜컥 사람들을 모아 놓고 말을 하는 상황이 부담스러웠다. 주워 담을 수도, 삭제 키를 누를 수도 없으니 말이다.

이후로 강연을 조금씩 한다. 거절하려 하다가도 강의비를 생각하며 수락할 때도 많다. 쉬운 것 같으면서도 어려운 일이다. 이후 글쓰기 혹은 책 만들기처럼 정보를 전달하는 강연이라도, 나는 내 삶을 기본값으로 여기지 않으려 노력한다. 돈을 버는 것과 말의 무게를 견디는 것, 도움이 되는 것 혹은 좌절을 안겨주는 것, 내가 짊어진 강연의 딜레마다.

3부

일에 치이지 않으려면

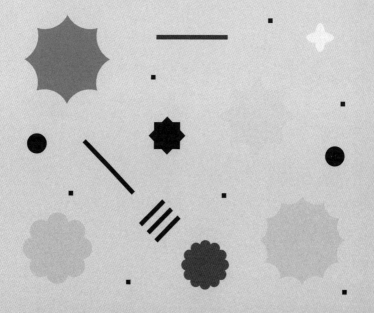

저는 뷔페를
운영하는 사람입니다

—

처음 '직장인' 타이틀을 달고 나서, 업무에 적응했다 싶으면 곧장 싫증이 났다. 그렇다고 완벽하게 일을 하는 것도 아니었다. 이따금 자잘한 실수를 했다. 그렇지만 눈 감고도 할 수 있는 일들, 매일 반복되는 일들에 더는 에너지를 쏟고 싶지 않았다. 내 에너지는 다른 부서, 회사 밖으로 향하고 있었으니까.

기어코 몸은 눈을 따라갔다. 이직했다. 전과는 다른 새로운 업무. 새로운 일을 배우는 게 퍽 즐거웠다. '나랑 너무 잘 맞는데? 천직인가?' 싶었지만 안타깝게도 두 달을 넘기지 못했다. 또 지겨워지기 시작한 것이다. 그래도 더는 대책 없이 일을 그만둘 수 없다는 생각에 꾸역꾸역 회사에 다녔고, 이직도 귀찮아져서 옆 부서를 들락날락했다. 슬쩍 부서 이동 희망을 내비칠 때면 "쓸데없는 소리 하지 말고 일이나 해"라는 말을 들을 뿐이었다.

아니 계속 이렇게 살아야 한단 말이야? 답답한 마음에 뭘 해서 먹고살지 고민하고 있는데, 친구들은 첫 회사에서 차근차근 승진하고 있었다.

"안 지겨워? 어떻게 한 회사를 5년이나 다닐 수 있는 거야?"

"그냥 다니는 거지, 뭐."

'5년 동안 똑같은 일을 한다고?' 그때마다 '나는 뭐 하나 특별하게 잘하는 게 없는데, 이 일 저 일 하니 경력만 애매하고. 게다가 끈기도 없어 자꾸 회사 밖으로 눈이 향하는데' 하는 걱정스러운 마음이 스멀스멀 올라왔다. 그 마음들이 커져 '내 인생 어떡하지?! 이렇게 살 순 없어!!! 남들 잘 참고 다니는데 나는 왜 이래!' 할 때쯤 친구가 번호를 하나 건넸다.

"여기 진짜 용해. 나 깜짝 놀랐잖아. 너도 한번 가봐. 5만 원이야."

빛의 속도로 전화해서 예약을 잡았다. 겨우겨우 찾아간 곳은 허름한 건물의 3층이었다. 똑똑똑 문을 세 번 두드리니 사람이 나왔다. 그 사람은 나를 방으로 안내했고, 자리에 앉았다. 그러고는 대뜸 어젯밤 엄마와 내가 티브이를 보면서 했던 말을 꺼냈다. 아니 이게 말이 되는 걸까? 엄마가 내게 했던 말을 도대체 어떻게 알고 이야기하는 거지? 정말 용하다 생각하는 순간 그 사람이 말했다.

"일 때문에 왔구면."

끝이다. 게임 끝이다. 그토록 찾아 헤맨 용한 선생님을 드디어 만난 것이다.

거침없이 내 모든 이야기를 꺼내놨다. 조금만 하다 보면 일이 재미없어지고, 지겹고, 자꾸 다른 일을 기웃거리게 되는 내 현실. 그렇다고 엄청나게 돈을 많이 버는 것도 아니고, 들어가는 회사마다 일은 어찌나 많은지, 스트레스가 너무 심하다, 하소연을 시작했다. 처음 만난 사이여서 그랬을까? 그 누구에게도 완벽하게 솔직하지 못했던 내 모습을 털어놨다. 선생님은 잠시 눈을 감고, 한 손으로는 구슬 봉을 흔들며 내게 말했다.

"너는 사주에 직업이 많아. 보통 사람들은 서너 개인데, 너는 백 개야."

나는 절망했다. 그렇다면 나는 계속 정착하지 못하고, 이 일 저 일 하다 죽겠구나. 100만 시간의 법칙이니 뭐니 하나만 꾸준히 하면 전문가가 된다던데, 나는 전문가는커녕 이 회사 저 회사 떠돌이로 살겠구나 싶었다.

나도 모르게 작은 한숨을 내쉬자 선생님이 다시 말했다.

"사람들은 자기 직업을 타고나. 누구는 짜장면 집 주방장으로, 누구는 일식집 주방장, 누구는 한

식집 주방장으로. 그런데 너는 뷔페 운영하는 사람으로 태어난 거야. 짜장도 만들 수 있고, 회도 뜰 수 있고, 다 할 수 있는 거야."

뷔페라니. 나는 이것도 저것도 다 할 수 있는 사람이라서, 끈기가 없는 게 아니라 할 수 있는 게 많아서 이것저것 해보고 싶었던 거였다. 선생님은 내가 일도 곧잘 하고, 일복도 타고났으니 어느 정도 일을 할 수 있게 되면 지겨워지는 거라고 덧붙였다.

회사 생활을 시작하면서부터 나는 점을 보러 다녔다. 불합리한 상식 밖의 상황들과 자꾸 밖으로 삐져 나가려는 자신에게서는 답을 찾을 수 없었기 때문에. 그 지난했던 시간이 뷔페집 운영자라는 말로 위로를 받았다. 한 친구는 내게 점쟁이 말을 듣고 깨달음을 얻냐며 웃었다. 누군가는 내게 그 점집이 용한 것 같다며 전화번호를 물었다.

"올해는 안 돼, 내년에 그만둬." 선생님의 말씀을 따라 당장 내려던 사직서를 파쇄기에 넣었다. 편안해진 마음으로 회사를 조금 더 다녔다. 그리고 다음 해에 그만두었다. 그 후로 또 3년의 세월이 흘렀다. 그사이에 나는 뷔페를 꾸리기 위해 부지런히 경험했다. 제빵을 배우고, 작사와 작곡을 배웠다. 그뿐인가? 손 글씨, 디자인 프로그램, 가드닝까지 도전했다. 그리고 확인했다. 나의 뷔페 집 메뉴에 그것들은 없을 거라는 걸. 경험해 보니 손님에게 돈을 받고 팔 수 있는 메뉴가 아님을 알았다. 우선 해보고 아니면 말고, 미련을 없앨 수 있었으니 그것만으로 귀한 경험이었다.

그리고 지금은 서점을 운영하는 사람으로, 글을 써서 책을 만드는 작가로, 책 만드는 수업을 하고 강연하는 강사로, 북 토크 진행을 돕는 진행자로 사는 삶을 왔다 갔다 한다. 뷔페 집에서의 한식 코너를 능숙하게 책임지고 있는 거다. 그리고 나는 이제 중식을 만들기 위해 여기저기 기웃거리고 있다. 어떤 일들이 될지는 모른다. 알 수 없다. 누군가 30년 전통의 수타 짜장 간판을 내걸고 수타 외길 인생 주방장으로 산다면, 나는 30년 전통의 뷔페 운영자로 사는 셈이다. 끊임없이 메뉴를 개발하며, 30년 전문가의 맛은 아니겠지만 대체로 "맛있네"라 평가받을 수 있는 맛을 내면서. 그리고 나는 뷔페 운영자로 사는 삶을 사랑한다. 호기심 많은 내게 딱 맞지 않는가? 지금 하는 일에 싫증 내는 순간이 오겠지만, 나는 20대의 나처럼 불안해하지 않을 것이다. 앞으로 90개의 직업이 남아있을 테니. 오늘도 나는 내 눈이 어디로 향하는지 살피고 있다. 그리고 끊임없이 경험할 것이다. 뷔페를 잘 운영하기 위해서.

일과 삶의 균형이라니

—

"너는 왜 퇴근했는데도 회사 이야기를 해?"

퇴근 후, 친구와 만나 저녁을 먹으면서 그날 회사에서 있었던 일에 대해 '완전 미친놈 아니냐?' 하며 열변을 토해냈을 때 친구가 내게 한 말이다. 내 앞에 있는 친구가 외계인처럼 보였다. '이 녀석도 일을 하다가 미친 건가, 퇴근해서도 회사 이야기를 안 하면 화병 나서 어떻게 살지?' 싶던 찰나, 친구가 뒤이어 말했다.

"나는 퇴근하면 아예 회사 생각 안 해. 스위치를 꺼버려. 노래방 가고, 책 보고, 내가 하고 싶은 거 하면서 시간 보내."

하루에 반 이상을 직장인의 정체성을 가지고 살

다가 퇴근과 동시에 스위치를 끄는 사람이라니. 내 친구가 참으로 대단한 능력을 갖추고 있구나 싶었다.

당시 나의 일상은 아침에 일어나 '와, 출근해야 해. 오늘 해야 할 일이 뭐였지?'로 시작해서, 회사에서 미친 듯이 일을 하고, 퇴근해서는 회사 욕을 하다가 잠드는 게 일상이었다. 공식적으로 월요일부터 금요일까지 일주일에 5일을 9 to 6로 살아가긴 했지만 사실상 그 외의 시간에도 나는 회사와 연결돼서 살고 있었다. 그런데 내 앞에 있는 외계인 아니, 친구가 일에 잠식되지 않고 직장인의 정체성과 자연인으로서의 정체성 스위치를 눌러가며 살아가는 사람이라니.

5년이 흘렀을까? TV며 유튜브며 책이며 모두가 일과 삶을 분리해서 사는 게 중요하다고, 일과 삶의 균형을 잡아야 한다고 외치기 시작했다. 아니, 도대체 이게 무슨 일인가? 다들 그렇게 살고 있는 건가? 5년 전 미친놈이라 생각했던 친구가 떠올랐다. 시대를 앞서간 것이었을까?

'일과 개인적 삶의 균형을 이뤄야 한다'는데, 다들 균형을 어찌 잡고 사는 건지 궁금해지기 시작했다. 살펴보니 저마다 다른 모습이었지만 각각의 정체성은 확실했다. 일할 땐 일하는 사람으로, 그 이후엔 온전히 자연인으로 자기가 좋아하는 걸 즐기기도 했다. 한 친구는 금요일 퇴근 후 무조건 여행이라는 원칙으로 일주일에 2일 이상은 여행가의 삶을 살고 있었다. 그 모습을 보면서도 나는 '아니 저 체력은 어디서 나오는 거야? 쉬고 싶지 않을까? 휴일이 이틀이면 하루는 집에서 쉬어야 다음 주에 무리 없이 일할 수 있는데' 싶었다. 그저 쉬는 날에도 노예(?)로서의 본분을 잊지 않고, 최적의 일할 수 있는 상태가 되기 위해 애썼으니까. 게다가 퇴근과 동시에 에너지가 완전히 소진

되는 나로서는 균형 있는 삶이 감도 오지 않았다.

일과 삶을 구분해서 사는 이들이 부러웠다. 하지만 무 자르듯 분리되는 삶은 쉽지 않다. 손안에 쥐어진 휴대폰 하나로 업무를 볼 수 있고, 심지어 공간과 시간의 제약마저도 없어졌다. 빨리 해내고 싶었고 잘 해내고 싶었기에 별수 없었다. 내게 일과 삶의 균형은 너무 먼 이야기였다. 일상생활과 일하는 생활이 다를 게 없었고, 그 삶에 기어코 글 쓰는 일을 추가했으니 균형이 있을 수가 없다. 나는 365일 늘 노트북과 함께였다. 제주도 푸른 바다를 보면서도 "캬, 이게 사는 거지. 한가롭고 너무 좋다. 아~ 맞다!! 그거 3시까지 보내줘야 하는데!!" 하고는 노트북을 펼쳤다. 그럴 때면 친구들은 내게 말했다. 왜 그렇게 사냐고, 여기까지 와서도 일이냐고. 그러면 나는 대답했다. 나는 무 자르듯 일하는 나와 일하지 않는 나를 구분하지 않는다고. 사실은 그게 안 된다고.

분명 좋은 건 아니었다. 기계도 이따금 전원을 꺼주고 쉬어 가는데 한낱 인간 따위가 종일 일만 하고 살 순 없었다. 나에게도 균형이 필요했다. 하지만 월요일부터 금요일까지 9 to 6의 삶을 꿈꾸며 균형을 맞출 순 없었다. 2016년에 회사를 그만둔 이후부터 그 루틴은 무의미해졌다. 물론 여전히 부럽긴 하다. 정해진 일정 안에서 예측 가능한 균형을 이루는 이들이. 빨간 날은 쉬고, 출퇴근 시간 안에 일하고 그 이후에는 자유로울 수 있는 삶이. 종일 노트북 붙잡고 365일 24시간 업무 상태로 사는 N잡러에게는 너무나 부러운 삶이다. 물론 이 생활의 장점도 있지만, 뭐든 남의 처지는 부러운 법. 그러나 어쩌겠는가. 돈을 벌기 위해 해야 하는 일뿐만 아니라, 하고 싶은 일과 잘하고 싶은 일에 대한 비중이 커지다 보니 일에 대한 정의가 바뀌어 버렸는걸.

시행착오 끝에 나는 적당히 나에게 맞는 일과 삶의 균형을 찾았다. 일단 시간으로 구분하지 않는다. 정신없이 월화수목금금금 10시간씩 일하며 살다가, 이따금 유튜브로 20년 전 시트콤 두 개를 몰아보면서 하루를 마무리하는 걸로 균형을 맞출 때도 있다. 또 하루는 7시간 동안 빈둥빈둥하다, 잠들기 전 밀린 일을 2시간 만에 해내기도 한다. 20분 각 잡고 앉아 부지런히 원고 작업을 하다가 40분을 쉰다. 출근 전, 혹은 쉬는 날에는 가까운 카페에서 혼자만의 시간을 보내며 삶에 숨 쉴 틈을 주기도 한다. 5000만 인구가 있으면 저마다 다른 일과 삶의 균형이 있는 거 아니겠는가? 나만의 일과 삶의 균형 시스템을 구축하고 나서는 여기저기서 들리는 이야기에 쉽게 흔들리지 않는다. 남들 따라 할 거 뭐 있나 싶다. 남 따라 하는 건 먹방 보고 고대로 주문해서 먹는 거로 족하다.

놀 땐 놀고, 일할 땐 일하는 화끈한 사람이 아
니다. 일이라는 게 그렇지 않나? 일하는 시간만으
로 끝나는 게 아니라, 일 이외의 시간에도 무수히
많은 영향을 끼치는 것. 일하는 나와 일하지 않는
나는 결국엔 한 사람이다. 물론 이따금 일하지 않
는 사람으로 멀리 도망가고 싶을 때도, 새로운 삶
을 꿈꾸기도 하지만 잠시 쉬면 괜찮아진다. 게다
가 일이 없는 삶은 어쩐지 영 지루하다. 앞으로도
일하면서 딴짓도 하고, 딴짓하다가도 일하며 살겠
지. 쭉.

질투는 나의 힘

—

나는 하고 싶은 게 많다. 일을 더 잘하기 위한 공부, 체력을 키우기 위한 운동, 나 빼고 다 하는 것 같은 유튜브, 좋아하는 책 읽기, 신간 작업까지. 그렇지만 안타까운 나의 체력은 그중 하나도 겨우 해낼 뿐이다. 그래도 포기할 수 없어 하루가 가기 전에 기필코 해치우겠다는 마음으로 퇴근 후 책상에 자리를 잡는다. 그리고 휴대폰을 쥐고는 호기롭게 5분만을 외친다. 유튜브 먹방 30분, 인스타그램 5분, 트위터 10분, 실시간 검색어 및 기사 확인에 15분을 쓰며 그나마 조금 남아있던 체력을 방전시키고는 침대로 향한다. 누운 후에도 손끝에 남아있는 미약한 체력과 목 근육을 사용해 중국 당면 먹방을 보다가 슬쩍 시계를 보고 생각한다. '지금 1시니까, 8시에 일어나면 7시간 자는 거고, 바로 일어나서 일 해야ㅈ…….' 스르륵.

8시 알람이 울린다. 양손을 더듬거리며 휴대폰을 찾는다. 얼굴을 인식해야 실행되는 휴대폰은 오늘도 내 아침 얼굴을 인식하지 못한다. 두 번의 얼굴 인식 실패 뒤에 비밀번호를 눌러 알람을 끄고는 휴대폰을 만지작거린다. 겨우 일어났는데 다시 잠들 순 없다. 반쯤 뜬 눈은 휴대폰 화면을, 손은 인스타그램 앱을 실행한다. 굳이 안 봐도 되는 걸 이 아침부터 보겠다고 애쓰며 피드를 내리는데 눈에 띄는 지인의 피드.

'저 곧 신간 나와요.'

그 지인으로 말할 것 같으면, 회사에 다니면서도 매년 최소 1권에서 많게는 2권까지 책을 내는 슈퍼 파워 에너자이저다. 신간이 나온 지 6개월도 안 된 것 같은데 또 나온다니! '잠은 안 자는 걸까? 개인 생활은 하나도 없는 건가? 혹시 하루가 38시간인가? 틀림없어, 나만 하루가 24시간인 거야!!! 이건 현실이 아니야!!' 생각이 꼬리에 꼬리를 물다 벌떡 침대에서 일어났다. 30분 더 미적거리며 보내려 했지만, 곧장 화장실로 향한다. '아니 저 사람은 도대체 벌써 몇 권을 낸 거야? 난 지금까지 뭐 한 거지? 잠을 줄여야 하나?' 샤워하면서도 쏟아지는 생각 덕분에 잠에서 깰 수 있었다.

며칠 전부터 나는 하고 싶은 걸 다 하고 살겠다며, 아침에 일찍 일어나기 위해 갖은 애를 썼다. 춥게 자면 자다가 추워서 일찍 일어나지 않을까 싶어 창문을 열어놓고 이불을 덮지 않고 잤다. 그뿐인가. 휴대폰 때문에 내가 시간을 다 빼앗기는 거라며, 휴대폰을 거실에 두고 자기도 했다. 안타깝게도 자다가 일어나 보일러 온도를 높이고, 거실에 나가 휴대폰을 찾아서 기어코 시간을 확인했다. 그렇게 매일 실패를 거듭하다 드디어 일찍 일어나기에 성공했는데 그 비결이 질투라니.

결국, 하고 싶은 거 몇 개를 해내긴 했다. 샤워를 끝내고 부랴부랴 가방을 챙겨 카페로 향했으니까. 하고 싶었던 공부도, 읽고 싶었던 책도, 원고 작업도 2시간 동안 야무지게 했으니 꽤 성공적인 하루였던 셈. 그러나 하루뿐이었다. 질투의 효능은 하루를 채 넘길 수 없었다.

사람을 미워하는 것도 에너지가 드는 일이라 되도록 하지 않으려고 하는데 질투가 삶의 원동력이 되다니, 이거 참 어디 가서 말도 할 수 없다. 여러분, 제 그릇은 간장 종지만 해서 타인의 성과를 마냥 응원해주지는 못하고, 끊임없이 스스로와 비교하며 저 자신을 깎아먹습니다. 게다가 멋도 없다. 훗날 하고 싶은 거 다 하고 살다가 그중 하나가 대박이 나서 부자가 된 상상을 해보자. "김경희님의 성공 비결은 무엇인가요?"에 대한 대답. "질투죠. 질투 나면 어쩔 수 없어요." 으아!

생각만 해도 후지다. 후져.

　마음을 고쳐먹자. 타인의 성과를 축하하며 자극받는 정도까지만. '아, 내가 이러고 있을 때가 아니지, 이제 침대에서 일어나볼까? 시간을 알차게 보내보자고!'의 마음까지만. 건강한 자극과 질투는 한 끗 차이라 생각하며, 질투의 감정도 기꺼이 받아들인다. 대신 질투 자체에는 너무 에너지를 쏟지 말자고 다짐하며.

좋아하는 일로 돈 벌기

—

"좋아하는 일을 하면서 돈을 벌다니 부러워요. 저도 그렇게 살고 싶어요."

4년 전 첫 책을 낸 후부터 지금까지 이 말을 278번 들었다. 읽고 쓰는 걸 좋아하는 사람이 서점에서 책을 팔고, 글 써서 돈을 버니 맞는 말이다. 처음 이런 말을 들었을 때는 우쭐했다. 좋아하는 일이 뭔지 알기는커녕 해야 하는 일에 쫓겨 쳇바퀴 삶을 살아가는 이들 속에서 나는 성공한 인생이라 생각했으니까. 물론 경제적인 여유가 뒤따르는 건 아니었지만, 적어도 나는 나은 처지에 서있다 자위하며 이내 안도했다. 하지만 지금도 그러냐고 묻는다면, 아니다. 지금까지 내가 내뱉은 278번의 대답 "맞아요, 저는 좋아하는 일을 하면서 돈 벌어요"라 했던 말을 주워 담고 싶다.

하지만 어디에 흘러 있는지도 모를 말을 주워 담는 일은 불가능하다. 그러기 위해서 나는 말을 덧붙여야 한다. "그렇긴 한데, 좋아하는 일을 하기 위해 해야 하는 일을 하고요. 좋아하는 일이 종종 싫어지기도 해요"라고.

뚜렷하게 잘하는 것도 없고 내성적이던 열한 살의 나. 매일 아침 자습 시간 30분 동안 동시를 쓰게 하는 담임 선생님을 만났다. 초록색 칠판 위에 글감이 적히면 모두가 동시를 써야 했다. 그리고 선생님은 종례 시간에 그날 반 아이들이 쓴 시 중에 한 편을 뽑아 낭독해 주시곤 했다. 그날도 여느 날과 다르지 않았다. 학교 끝나고 떡볶이 사 먹어야지 마음먹고 있었는데, 선생님이 낭독하는 글은 내가 아침에 쓴 글이었다. 혼자 속으로 얼마나 좋아했는지 모른다. 가방을 싸고, 집에 갈 생각에 들떠있는 아이들 틈에서 선생님이 낭독하는 내 글을 집중해서 듣는 아이라고는 나뿐이었을 텐데 말이지. 있는 듯 없는 듯 학교생활을 해오던 내가 학교라는 공간에서 존재하고 있다는 감각을 하게 됐다.

그 이후로 나는 아무도 나가지 않는 글짓기 대회에 나갔고 매번 상을 받았다. 그 때문인지 내게 글쓰기는 인정과 기쁨의 행위가 되었다. 그렇게 일기장에, 블로그에, 메모장에 써 내려간 글의 시간이 쌓였고 10년이 훨씬 지나 책으로 이어졌다. 재미있었다. 내가 쓴 글이 책 한 권으로 엮이고, 사람들이 읽고 공감해주는 일이. 하지만 밥벌이가 되면서 부담이 됐다.

내가 쓴 글이 돈으로 교환되면서부터 글을 읽는 사람들의 범위가 불특정 다수가 되었다. 여간 마음 쓰이는 일들이 많아졌다. 게다가 글 쓰는 일이 온전히 나의 일이 아니게 됐다. 매일 아침 30분 동안 혼자 노트에 글을 쓰는 일이 아니라, 출판사

담당자들과 함께 책을 내는 협업의 과정이었다. 마감 일자가 있고, 요청하는 일을 해내야 했으며, 최소한 나로 인해 출판사가 손해를 보면 안 된다는 생각이 들면서 글 쓰는 일의 무게가 점점 더해졌다. 글 쓰는 일은 풍족한 밥벌이도 혹은 완전한 재미도 되어주지 못했고, 글쓰기 자체의 즐거움만으로 끝낼 수도 없었다.

'아, 좋아하는 일은 그냥 취미로 놔둬야 한다는 말이 맞았나 봐.'

하지만 별수 있나. 읽다 보면 쓰고 싶고, 쓰다 보면 잘 쓰고 싶어지는, 이왕이면 책으로 끝내보고 싶은 그 마음. 그래서 글쓰기를 시작하고, 쭉 괴로움에 시달리다가 한 권을 완성해 냈을 때 느껴지는 뿌듯함으로 그 지난한 과정을 반복하게 된다.

여전히 나는 글쓰기가 좋다. 물론 괴로운 시간을 겪어야 하는 건 아이러니하지만. 그렇게 지리

멸렬한 시간을 통해 얻은 깨달음은 좋아하는 일을 한다는 게 1부터 10까지 모든 과정을 좋아한다는 뜻은 아니라는 것. 그저 좋아하는 마음이 더 커서, 싫어하는 일과 해야 하는 일을 껴안고도 할 수 있는 일이라는 것이다.

더는 일에 환상을 갖지 않는다. 그저 좋아하는 일을 조금씩 늘리고 싶을 뿐이고, 그러기 위해서 해야 할 일을 해갈 뿐이다, 라고 쓰지만 하루에 몇 번이고 '아아악, 그냥 다 그만둬???? 내가 무슨 부귀영화를 누리려고!!!'를 반복한다.

좋아하는 글쓰기로 밥벌이를 하면서 가장 좋은 순간이 언제냐 묻는다면, 글 쓰는 순간이 아니다. 출간 제안 메일을 받았을 때, 책이 나왔을 때다. 그리고 가장 중요한 인세가 들어왔을 때. '그래도 이건 좀 너무한 거 아니야? 그래도 작가인데 일하면서 좋은 순간이 고작 세 번뿐이라니?' 싶은 마음이 들어 좀 더 고민해 보니 또 있다. 간혹 글이 술술 써질 때가 있다. 다 쓴 글을 읽고 '와, 이걸 내가 쓰다니. 나 대단해!'라는 감탄이 나올 때. 물론 안타깝게도 365일 중 2일뿐이다. 그러니까 출간 제의 메일을 받고 책 한 권이 만들어지기까지의 길고 기나긴 시간은 대개 괴로움이다.

'내가 왜 계약을 한 거야? 세상에 글 잘 쓰는 사람들이 이렇게 많은데! 나 따위가 무슨 글이야!! 마감이 다가오고 있어, 어쩌지? 어쩌지? 지금이라도 죄송하다고 하고 계약 파기할까?' 하는 마음으로 대부분의 시간을 보낸다. 신기한 건 그러면서도 조금씩 쓰기는 쓴다. 아침에 겨우 일어나 노트북을 챙겨 출근 전 근처 카페에서, 퇴근 후 다시 커피를 마시며, 침대에 눕고 싶은 마음을 억누르면서. 그렇게 해서 쓰는 글은 몇 자 되지 않지만 그래도 계속 쓰다 보면 원고가 제법 쌓인다.

하고 싶은 일을 잘하기 위해서는 하기 싫은 일도 잘해 내야 한다. 일의 기쁨과 고통은 함께 움직인다. 그렇게 하고 싶은 글쓰기 일을 하기 위해, 또다시 한글창을 열어서 괴롭지만 해야 하는 글쓰기를 한다.

첫 직장, 첫 월급의 꼬리표

—

부푼 꿈까지는 아니었다. 그저 학생에서 직장인으로 바뀌면서 정말 어른이 되는구나 싶었다. 아르바이트비가 아니라 월급을 받으며 사는 삶이겠구나. 앞으로 일상이 좀 더 넓어지고 윤택해지겠구나 싶은 기대감. 그렇게 처음 입사한 회사. 그런데 3개월은 수습 기간이라며 월급을 100만 원만 준다고 했다. 아니 이게 무슨 날벼락인가!

회사에서 제시한 조건은 이랬다. 3개월 동안 일을 잘하면 기존의 1000만 원대 연봉을 2000만 원대로 올려준다는 것. 갓 입사한, 아직 대학교 졸업도 안 한 내가 할 수 있는 답은 뻔했다. 알겠다고 했다. "지금 장난해요? 왜 말을 바꾸는 거예요?"는 속으로 삼켰다. 그러고는 자리로 돌아와 계산기를 두드렸다.

160만 원이던 월급에서 3개월 동안은 100만 원

만 받는다면 내가 3개월 동안 손해를 보게 되는 돈은 180만 원. 그런데 회사의 조건을 받아들였을 때 내 월급은 180만 원이 된다. 20만 원의 차이를 1년으로 계산해 보면 240만 원. 회사의 협상을 거절하고 첫 월급을 160만 원으로 시작해서 1년을 보낸다고 가정했을 때, 60만 원 차이였다.

물론 실제로 1년 동안 160만 원씩 받는 금액(160만 원×12개월)이나 1년 중 3개월 계약직을 하고 그 이후에 180만 원씩 받는 금액(100만 원×3개월+180만 원×9개월)은 모두 똑같다. 회사 입장에서는 아쉬울 게 없는 제안이었다. 3개월 동안 언제든 나를 짜를 수 있는 기회를 얻고, 4대 보험료와 퇴직금을 내지 않아도 되었을 테니.

그럼에도 3개월 100만 원의 급여를 택하는 게 내게 좋은 선택이라 자위했다. 별 탈 없이 3개월을 잘 채울 거라는 믿음과 1년 후에도 일하고 있을 모습을 생각하면서. 그렇게 나의 첫 월급은 100만 원으로 책정됐다.

공부하기 싫다. 취업할 수 있겠지? 하며 함께 떠들던 친구들의 축하가 이어졌다. 그러곤 가장 먼저 취업을 한 내게 호기심이 가득 찬 표정으로 물었다.

"월급은 얼마야?"
"지금은 100만 원인데, 수습 끝나면 180만 원이야."
"100만 원? 그 돈 받고 어떻게 일해?"

첫 월급이 100만 원인 건 조금 아쉽긴 했다. 아르바이트를 하면서도 벌 수 있는 금액이었으니까. 하지만 3개월이니까 괜찮다고 생각했다. 물론 수습이 끝난 급여가 280만 원이었으면 좋겠지만, 180만 원은 내게 큰돈이었다. 취업했다는 것, 학생에서 직장인으로 정체성이 바뀌었다는 것으로 충분했다. 뒤이어 들려오는 친구의 말.

"회사 이름은 뭐야?"

직원 스무 명 남짓하는 회사 이름을 친구가 알리 없었다. 회사 이름을 듣고도 여전히 갸우뚱하는 친구를 보며 구구절절 업무와 회사에 관한 이야기를 했다. 그제서야 친구를 겨우 이해시킬 수 있었다. 하지만 이어진 친구의 말은 내게 콕 박히고 말았다.

"첫 회사랑 첫 월급이 중요하다던데 괜찮겠어?"

당연히 축하받을 거로 생각했던 자리에서 예상치 못한 질문이었다. 분위기를 망치고 싶지 않다는 생각으로 안간힘을 써 겨우 입꼬리만 올려 유지했다.

그런 건 한 번도 생각해 보지 못했다. 그저 일할 수 있음에, 불경기에 취업할 수 있음에 다행이라 여겼다. 더는 학생이 아닌, 출퇴근을 하며 직장인으로서 돈을 벌게 된다는 설렘. 취준생 사이에서 먼저 직장인 깃발을 들고 안정 궤도에 들어섰다는 안도의 한숨은 오래가지 못했다. 명사 하나로 혹은 회사 이름 하나로 내가 하는 일을 쉽게 설명할수 없다는 건, 내가 받는 월급이 누군가에겐 '그 돈' 밖에 안 된다는 건, 이제 막 달리기를 시작한 내 트랙을 의심하게 했다. 그리고 어렴풋이 깨달았다. 다들 1년이고 2년이고 치열하게 취업을 준비하는 이유를, 300:1 경쟁률에 기꺼이 달려드는 이유를.

1년 후, 내게 첫 월급으로 100만 원을 줬던 회사를 그만두었다. 그리고 다시 취업했을 때 나는 첫 회사에서와 약간 다른 업무를 하며, 크게 달라지지 않은 연봉을 받았다. 그리고 친구가 했던 콕 박힌 말을 다시 끄집어냈다. 정말 그 말이 맞았나? 일하면서도 이직 준비 카페를 들락거리던 나는 생각했다. 첫 월급, 첫 회사의 기준에서 나는 벗어나지 않겠구나. 아니, 못하겠구나. 180만 원에서 20만 원만 더 줘도 나는 쉽게 안주할 테니. 물론 그마저도 전혀 쉽지 않으니 현실은 너무나 씁쓸한 것이지만.

그즈음 나의 연봉이 누군가에게는 상여금이 될 수 있음을 알게 됐다. 내가 올라갈 수 있는 세계는 많지 않았다. 누군가는 나보다 20미터 앞에서 달리기를 시작하고, 또 누군가는 50미터 앞에서 시작한다. 애초에 출발선이 똑같을 수 없다는 건 알았다. 일찍 시작했지만, 나의 달리기는 저 멀어져가는 이들을 보며 숨만 차오를 뿐이었다. 부지런히 달렸지만 달라지는 건 없었다. 그랬다. 나는 빨리 취업할 생각을 해서는 안 됐다. 1년이고 2년이고 취업 준비 열심히 해서 그 중요하다는 첫 직장과 첫 월급을 잘 정했어야 했다.

하지만 이미 되돌릴 수 없는 일. 지금 정할 수 있는 걸 고민했다. '퇴사.' 어차피 한계가 보이는 곳에서 더 머무를 필요가 없었다. 삶을 영위하기 위해 중요한 급여지만, 새로운 시도를 막을 수 있을 만큼 큰 액수는 아니었고, 출발선은 다를지언정 달리기를 일찍 시작한 덕분에 모아둔 돈도 있었으니까. 어쩌면 덕분에 첫 월급과 첫 직장이 내 발목을 잡지 않은 셈이다. '이렇게 많은 돈을 받는데?', '이렇게 좋은 회사를 다니는데?', '이 회사에 들어오려고 내가 얼마나 고생했는데?' 이러한 고민 없이 무언가를 선택할 수 있었으니까. 삶의 방향키를 돌리기로 했다. 퇴사 후 혼자 창업도 해보고, 책도 한 권 만들어 냈다.

인생은 알 수 없게 흐른다. 지금 나의 급여를 생각해 보면 업계 기준으로는 조금 많고, 대한민국 노동자로서는 평균 임금을 받는다. 부가 수입이 있을 때도 있으니 사정이 나아진 셈. 더는 친구들과 얼마를 버냐, 뭐하냐 묻지도 않는다. 그냥 각자 살기 바쁘고, 잘살고 있겠거니 한다.

내 첫 회사와 월급은 그리 훌륭하지 않았다. 어쩌면 나의 이러한 상황이 남들보다 더 일찍 그다음 일을 모색하게 만들지 않았을까? 구구절절 설명하지 않아도 회사 이름만으로 하는 일과 연봉을 짐작할 수 있던, 저 멀리 50미터 앞서 있던 이들도 결국엔 그다음 일을 모색하는 순간이 올 것이다.

첫 직장, 첫 월급이 중요한 건 맞다. 어쩌면 학생에서 직장인으로 정체성을 바꾸며 처음으로 자기의 그릇을 정하게 되는 순간이니까. 그러나 그 그릇은 분명 넓힐 수 있다. 어렵다 생각될지라도, 분명 기회는 있다. 우리는 어떤 스탠스를 가져야 할까. 저마다 다르게 해석하고 받아들이는 일.

퇴사하는 마음,
퇴사를 바라보는 마음

–

한 직장에 입사해서 휴직도 없이 7년을 꼬박 다
닌 친구가 있다. 나는 그 친구를 보며 "아니 어떻
게 한 회사를 7년이나 다니지? 대단하다!"라 말하
고 친구는 나를 보며 "퇴사를 두 번이나 어떻게 했
냐. 간도 크다"라 말한다. 그러고는 묻는다. "퇴사
하는 마음은 어때?" 아! 퇴사하는 마음이라니, 흠.
그냥 더는 못 버티겠다 싶어 나가는 건데 말이지.
퇴사에 마음이라는 단어가 붙으니 왠지 그럴듯한
답을 해줘야 할 것 같아 곰곰이 생각해 본다.

'내가 간이 큰가?' 아니다. 속에는 늘 투사 기질
이 있다. 덤비면 가만두지 않겠어! 싶지만 실제론
싸움을 즐기지 않는다. 그럼 악을 쓰며 월급 더
주세요! 일 너무 많아요! 너 같은 인간이랑 일하기
싫어요!라고 말할 수 있는 용기가 있을까? 역시

아니다. 나는 열에 아홉은 침묵하다가 한 번 정도 겨우 용기 내서 말하는 사람이다. 아홉 번은 늘 동료, 친구들과 험담하며 풀었다. 그마저도 없었더라면 어떻게 버텼을까 싶다. 그러다가 한 번 용기 내서 건넨 말에 반응이 없을 땐 그만두기를 선택했다. 별수 있나. 절이 싫으면 중이 떠날 수밖에. 그 상황을 개선하거나 바꾸려는 시도는 크게 하지 않았다. 회사에서 내 몸 하나 챙기기도 벅찼으니 말이다.

그러니까 퇴사하는 마음은 어떠냐는 친구의 질문에 내 대답은 "별거 없어"다. 퇴사 결정에 큰 용기가 필요한 건 사실이지만 충동적인 선택은 아니다. 몇 번이고 참고, 마음을 다스리며, 마음먹고, 이리저리 재본 후 내린 결정이니까. 퇴사 이후의 불안감? 남겨진 동료들에 대한 미안함? 나의 공백으로 인해 회사가 껴안게 될 부담? 그런 거 없다. 퇴직금 제대로 받고, 경력증명서 챙기는 일, 업무 인수인계서 꼼꼼하게 작성해서 문자도 전화도 오지 않게 만드는 것만 생각한다. 헤어진 연인과 이미 차갑게 식은 마음으로 엮이는 일은 질색이니까. 지친 몸을 쉬게 하고, 기필코 더 좋은 회사로 이직하겠다는 부푼 꿈을 꿀 뿐이다. 오직 나만 생각한다.

그랬었다. 나만 생각하고 퇴사를 하던 때가 있었다. 몇 년 전까지만 해도 그랬다. 그런데 상황이 바뀌었다. 퇴사하던 사람에서, 퇴사 희망자를 면담하는 사람이 됐다.

"적성에 조금 안 맞는 것 같아요. 새로운 일을 해보고 싶어서요"라는 말에 "혹시, 일이 재미 없었니? 불만이 있었니? 비전이 보이지 않았어?"라 묻고 싶은 마음을 속으로 삼킨다.

과거에 나는 사직서를 쓸 때마다 퇴사 사유란에

'일신상의 사유'를 적어냈다. '더는 이 비전도 없는 회사에서 일하고 싶지 않고, 난 더 좋은 곳을 향해 갈 것이다. 이 쥐꼬리만 한 월급도 지겹다'고 구구절절 쓸 수는 없었으니까. 이 친구도 지난날 나와 같은 마음인 것일까? 싶어 생각이 많아진다.

해방과 자유의 의미였던 퇴사가 내게 짐으로 다가올지는 몰랐다. 내가 어디에 섰느냐에 따라서 보이는 것도 생각하는 것도 달라진다.

앞으로 어떤 삶을 꾸려 나갈지는 알 수 없다. 퇴사하는 마음으로 산 시간이 더 길다 보니, 아직은 퇴사를 바라보는 마음의 내공이 영 부족하다. 어쩌겠는가? 그 와중에 한 가지 확신할 수 있는 건, 나와 긴 면담을 하고 퇴사를 결정했던 이도 언젠가는 마냥 편친 않았을 내 마음을 알게 되리라는 것. 우린 모두 계속해서 움직이며 살아가고, 각자의 위치도 계속해서 바뀌어 갈 테니까.

스물여덟 끼

믿는 만큼 자란다

—

    원고 마감일이 다가온다. 지금까지 써놓은 글은 쳐다도 보기 싫지만, 계속 봐야 한다. 고치고 또 고쳐야 한다. 고칠수록 자괴감이 든다. 이 글을 담당 편집자에게 보내도 될까? 이따위 글이 책이 될 수 있을까? 계약을 파기하자고 하는 건 아닐까? 내가 먼저 이야기를 해야 할까? 별생각이 다 든다.

    약속한 마감일이 오고야 말았다. 침대에서 1미터 거리도 채 되지 않는 테이블을 한참 바라보다가, 자리를 잡았다. 눈으로 겨우겨우 글씨를 보고, 입으로는 그 글을 읽어가며 '최종확인', '진짜최종확인', '진짜진짜최종확인1', '진짜진짜최종확인2'란 이름으로 거듭해서 저장하며 원고를 마무리했다. 이 모든 과정을 울면서 했다. 믿기지 않겠지만 신은 내게 눈물을 흘리면서 글을 읽고, 손으로는 틀린 맞춤법을 골라내며 수정할 수 있는 능력을 주셨다. '내가 이런 글을 썼다니!' 따위의 감격 어린 눈물이면 좋았을 텐데……. '진짜진짜최종확인3'까지 하고 싶지만 더는 보기 싫었다. 한 번 더 원고를 봤다가는 미쳐버릴 것 같았다. 한글 창을 끄고 인터넷 창을 열어 메일을 쓰기 시작했다.

안녕하세요, 편집자님. 원고를 보냅니다. 혹여 원고가 맘에 들지 않으면 계약을 파기하셔도 됩니다. 책으로 만들어 내지 않더라도, 저는 괜찮습니다. 저에게 충분히 의미 있는 작업이었습니다.

메일을 쓰면서 생각했다. '야! 너 제정신이야? 계약을 파기해도 된다니? 네가 쓴 원고 보기 전에 메일 먼저 볼 텐데, 이렇게 자신감 없는 메일을 보내 놓으면 퍽도 원고를 재밌게 읽겠다' 싶으면서도 나는 계속 메일을 이어나갔다.

기대를 낮추고 원고를 보면 기대보다는 괜찮지 않을까 싶은 마음도 있었다. 하지만 그때 메일에 쓴 내용은 진심이었다. 내가 만든 작업물에 대해서도 스스로 능력에 대해서도 자신감이 없었다. 지독한 시기였다. 번아웃이 왔을 때 꾸역꾸역 해낸 일이었다.

메일을 보내고 난 후, 틈만 나면 메일함을 확인했다. 그 틈이라는 게 5분에 한 번꼴이었지만. 메일을 확인하는 짧은 틈에 밥을 먹고, 일도 했다는 게 좀 더 정확하다. 그리고 일주일 후 답장이 왔다. 그 메일을 기다리는 동안 내 마음은 난리도 아니었다.

'진짜 파기하게 되면 어쩌지?'

'나는 정말 능력도 재능도 없구나.'

'거절의 말을 생각하느라 늦는 걸까?'

'내가 누군가를 실망하게 만든 걸까?'

메일을 열었다. 계약 파기의 내용은 아니었다. 원고에 대한 애정 어린 감상과 추가 미팅에 관한 내용이 담겨있었다.

한숨 돌린 나는 친구에게 일련의 과정을 이야기했다. 한참을 집중해서 듣던 친구는 단호하게 말했다. 앞으로 절대 그러지 말라고, 자신을 스스로 잘 포장하는 것도 중요하다고. 겸손이랍시고, 혹은 기대를 낮추는 작업이랍시고 자신을 낮춰서 말하는 건 아무런 도움이 되지 않는다고. 왜 모르겠는가. 내가 한 일을 늘 떠벌리고, 자화자찬하는 나인데 말이다. 친구가 내게 했던 말은 나 또한 다른 친구들에게 숱하게 했던 말이다. 알면서도 그런 행동을 하고 만 것이다.

결국 미팅을 통해 기존 원고를 약간 수정하고 추가로 좀 더 쓰기로 했다. 스스로를 엉망으로 평가했던 나를 믿어준 편집자 덕분에 계속 작업을 이어갈 수 있었고, 책은 무사히 출간되었다.

실제 능력이 3인데, 8처럼 보이게 하는 것도 능력이다. 물론 들통날 수 있겠지만, 내가 가진 3의 능력마저 0으로 만들어 버리는 일은 하지 말아야지 싶다. 그리고 믿어야지. 누군가 내게 일을 함께하자고 했을 땐 어쩌면 내가 미처 보지 못한 나의 능력을 알아챈 것일 수도 있으니까. 함께하다 보면 8 혹은 10의 능력을 만들어 낼 수도 있는 거니까. 그러니 스스로를 평가할 때는 더하기 3을 한다. 믿는 만큼 자란다.

SNS를 대하는 나의 변화

–

도토리를 모아 집을 꾸미던 싸이월드의 시대가 저물고, 온라인을 방황하던 나는 페이스북으로 자리를 옮겼다. 틈만 나면 접속해서 사람들이 올리는 글과 사진을 보는 게 취미였다. 그곳에선 "오늘은 우리 아빠가……", "투표를 했는데……", "오늘 먹은 점심은……"을 계속해서 올리는 한 살 많은 선배의 피드를 매일 볼 수 있었다. 그럴 때마다 나는 "아니 왜 저렇게 자기 삶을 다 보여주는 거야?"라 말했는데 옆에서 듣고 있던 복학생 선배가 말했다. "자기 PR을 잘하는 거지. 너도 왜 저러는 거야 하면서도 궁금하니까 매일 보고 있잖아."

그렇다. 내 집 마련은 힘들지언정, 우리는 온라인에 자기만의 공간을 하나씩 갖게 되었다. 페이스북, 인스타그램, 트위터, 이제는 유튜브까지. SNS는 거스를 수 없는 흐름이 되었다. "전화번호 뭐야?"에서 "아이디 뭐야?"로 바뀌고, 그 공간들은 자신의 정체성을 넘어 밥벌이의 영역까지 펼쳐지게 됐다. 잘 꾸린 페이스북 채널로 돈을 버는 사람들, 인스타그램을 통해 물건을 파는 사람들, 자신의 개인 작업물을 올려 출간 제의를 받는 사람들까지. 그렇게 온라인에서 새로운 자기만의 자아를 만들어 나가는 이들이 보였다.

"난 SNS 안 해"라고 이야기하면 "아니, 왜?"라는 질문을 받을 만큼 퍼져버렸다. 남들 다 하니까 시작한 SNS. 하지만 여전히 내 삶을 내보이는 건 어색했다. 이름도, 하는 일도 숨겨둔 채 읽은 책 사진이랑 좋은 문장을 캡처해서 올리는 정도였다. 하지만 더는 그렇게 유지할 수 없었다. 2016년, 독립출판물로 책을 내게 되면서 나는 글을 쓰는 사람뿐만 아니라 책을 홍보하는 마케터가 되어야 했다.

　부지런히 책을 소개하고 홍보했다. 그리고 그 공간을 더 잘 꾸미기 위해 부지런히 피드를 올렸다. SNS를 통해 부지런히 나를, 내 책을 홍보하게 되면서 신기한 기회가 오기 시작했다. 인스타그램을 통해 일이 들어오는 게 아닌가? 강연 요청부터 출간 제의까지. 신기하네? 느끼고 있던 찰나, 한 출판사와의 미팅에서 이런 말을 들었다.

　"작가님, SNS 활동 더 열심히 해주세요."

　작가가 글만 쓰면 되는 세상이 아니었다. 이제 작가도 자기 책을 홍보할 수 있어야 했다. 그러니 팔로워가 백 명 있는 작가보다는 팔로워가 만 명쯤은 되는 작가를 원했던 것. 누군가는 SNS 팔로워 수가 출간 제안의 중요한 이유가 된다고도 했다. 팔로워는 팬의 숫자이기도 했으니까. 모두가 다 책을 구매하지는 않더라도 그들에게 책을 홍보할 수 있으니까.

그렇게 SNS는 나만의 공간을 넘어 또 하나의 일이 되어버렸다. 부지런히 SNS에 피드를 올리고 글을 올렸다. 매일 내 일상을 전시했다. 내가 팔 수 있는 건 내 일상뿐이었으니까. 그렇게 팔로워도 좋아요도 그리고 댓글도 늘어났다. 늘어나는 숫자만큼 SNS를 통해 일이 더 들어오고 많은 사람의 관심과 응원 속에 돈도 많이 벌며 행복하게 살았습니다, 로 끝나면 좋았을 텐데 인생이 그리 호락호락하지 않다.

부지런히 활동한 만큼 팔로워가 늘고, 그에 따른 기회가 많아지면서, 나에게 부정적 감정을 표출하는 사람들도 늘어나기 시작했다. 내가 입사 3년 차에 어떤 일을 진행했다는 글을 올리면 '그게 말이 됨? 그런 게 어딨음?' 부터 친절하게 맞춤법과 띄어쓰기를 지적해 주는 사람들까지. 그뿐인가, 댓글을 넘어 DM으로 이어지는 '우리 오빠 좋아하지 마!' 따위의 공격. 어떤 일을 했고, 어떤 연예인을 좋아하고, 어디서 일하고 있고 등 내 삶의 많은 걸 내보이며 살았더니 굳이 겪어도 되지 않을 일까지 겪으며 감정 소모를 하게 됐다.

거기에 더해 SNS를 통해 엿보는 타인의 삶과 나를 자꾸 비교하게 됐다. 비슷한 시기에 책을 냈는데 나와 달리 증쇄를 거듭하며 잘나가는 이들을 보며, 내게 연예인이나 다름없는 대작가들과 함께 어깨를 나란히 하는 또래 작가들을 보며. 그뿐인가? 내가 꿈꾸던 일들을 해내는 이들을 보니 괜히 의기소침해졌다. '나도 열심히 산다고 하는데, 〈쇼미더머니〉도 〈슈퍼맨이 돌아왔다〉도 안 보면서 열심히 했는데, 왜 나는?' 하면서 우울해지기 시작했다. 결국 나는 로그아웃을 선언했다. 물론 대단하게 '그동안 제 인스타그램에 관심을 가져주셔서 감사합니다. 저는 당분간 혼자 시간을 보내며……' 따위의 글은 올리지 않았다. 혼자 멀리했다. 매일 올리던 피드를 멈췄다. 내 일상을 내보이는 일도, 타인의 일상을 엿보는 일도.

그리고 그만큼 일이 줄어들었다. 팔로워도 함께. 게시물 업로드를 멈춘 사이 3000명의 사람이 사라져 버렸다. 못해도 한 달에 한 번꼴로 오던 일감마저도. 그렇게 몇 개월을 오프라인 자아로만 살다가 다시 나는 온라인 자아를 꺼내기 시작했다. 먹고사는 일도, 사람들에게 관심을 받는 일도 결국 일과 연결되는 것. 나를 드러내지 않으면 먹고살기 힘들다는 걸 느꼈기 때문이다. 물론 서점에서 일하는 월급으로도 당장 먹고사는 일은 문제가 없었지만 나는 먹고사는 일 말고도 소비하고, 경험하는 삶을 살고 싶었다. 그것도 여유롭게. 부모님 집이 아닌, 안락한 내 집 소파에서, 치킨과 떡볶이 사이에서 고민하지 않고 둘 다 시켜 먹으면서, 건조기에서 뜨끈하게 말라가는 빨래를 기다리며, 휴대폰으로 책 20권쯤 걱정 없이 주문하는 삶을 살고 싶었다. 먹고사는 존재만으로 멈추고 싶지 않았다.

나는 그 무게를 견디기로 했다. 이따금 달리는 불편한 댓글, 며칠을 신경 쓰이게 만드는 무례한 말들도 '5000만 명이 있다면 5000만 개의 생각이 있을 테니까' 하면서. 애정이 가득한 관심만 받으면서 일할 수는 없으니까. 내가 비교하고 있는 그 사람도 또 누군가를 바라보며 비교하고 있을 테니까.

삶이 버겁고 지겨울 때

—

강연을 진행할 때는 최대한 많은 질문을 주고받기 위해 시간을 배분한다. 때로는 내가 놓치는 부분이 있을 수 있고, 내게 귀한 시간을 내준 이들의 궁금증을 모두 해결해 주고 싶은 마음 때문에. 게다가 코로나19로 인해 온라인 강의가 점차 늘어나고 있는데 얼굴을 마주하지 못하고 진행하는 강의에서는 내가 혼자 떠드는 것보다 서로 질문을 주고받으며 물리적 거리를 좁히고자 노력한다.

그날도 그런 마음이었다. 사람들은 내 얼굴을 보고 있고, 나는 댓글을 보며 온라인 강의를 진행했다. 40분의 강연과 8분의 사전 질문 그리고 남는 시간은 추가 질문을 받기로 했다. 부지런히 대답하고 마지막 질문을 받았다.

"서점에서 일하지 않고, 글 쓰는 일을 하지 않으셨다면 지금쯤 무슨 일을 했을 것 같으세요?"

내일 내가 몇 시에 일어날지, 당장 이번 달 원고 마감은 지킬 수 있을지 한 치 앞도 알 수 없는 상황이지만 대답해야 했다. 앞에서 담당자는 이제 곧 끝내야 한다는 사인을 건넸고, 여유롭게 생각해 볼 시간이 충분하지 않았던 나는 "무엇을 하든 잘하고 있었을 것 같아요. 새로운 분야에 취업해서 새로운 일을 하거나, 혹은 회사를 차려서 혼자 일하고 있었을 수도 있고요"라 답했다. 100퍼센트의 마음은 아닌, 약간의 진실과 거짓이 섞인 대답이었다.

100퍼센트의 마음으로 뭘 하든 잘했을 거라고 생각하던 때도 있었다. 삶의 방향키를 내가 원하는 대로 언제든 돌릴 수 있고, 먹고사는 일도 해결할 수 있을 거라 여겼으니까. 하지만 해를 거듭하면서 서점 일과 글 쓰는 일에 애정이 커지고 안정감이 생기는 만큼 새로운 일에 대한 두려움도 커지기 시작했다. 새로운 직업을 찾기 위해 이력서를 쓰고 면접을 봐야 하는 상황이 온다 생각하면 막막해진다.

새로운 삶을 꿈꿀 때마다 흥얼거리게 되는 노래에 이런 가사가 나온다.

태양이 있는 캘리포니아가 지겨워, 아무도 나를 모르는 보스턴으로 떠날 거야.

이따금 지금의 삶이 버겁거나 지겨울 때가 있다. 그럴 때면 어디로든 떠나서 새로운 삶을 살아볼까 마음먹기도 한다. 하지만 떠날 수 있을까? '그곳에서 내가 뭘 해 먹고살지?' 라는 생각이 들면 겁부터 난다. 새로운 삶을 꿈꾸면서도, 결국 무서워 떠나지 못하고 일상을 살아갈 수밖에. 이 노래를 매년 듣고 있지만 막상 떠나거나 새로운 삶을 시도해 본 적은 없다. 다시 시작하는 건 쉽지 않다. 겁이 많아진 걸까, 아니면 지금의 일상이 내려놓을 수 없는 달콤함을 가진 걸까?

한때는 낯선 나라에서 생활하며 밥벌이를 꿈꾸던 때가 있었는데 지금의 나는 혼자 여행을 가는 일에도 몇 번의 용기가 필요한 사람이 되어버렸다. 생존 앞에서 못할 게 뭐가 있나 싶으면서도 새로운 일을 시작할 수 있을까 하는 물음에는 몸을 움츠리게 된다.

마흔에 공부를 시작해서 새로운 직업을 택하는 사람, 쉰에 퇴직해서 제2의 인생을 위해 도서관에서 자격증을 준비하는 이들을 보면서도 늘 나와는 거리가 멀다고 생각했다. 정년이 보장되는 직업을 단 한 번도 가져본 적이 없는데 말이다. 하지만 이제는 그들의 삶에 나를 대입해 본다. 내가 미리 준비해야 할 공부는 무엇일까? 나는 앞으로 몇 개의 직업을 더 갖게 될까? 한 분야에서 꾸준히 시간을 쌓아온 이들을 존경하지만, 이제는 새로운 삶을 위해 도전하고 삶의 궤적을 만들어나가는 이들에게 좀 더 마음이 간다. 나 또한 지금의 일이 정년을 보장해 주거나, 노년의 삶을 마무리 지어주는 게 아니니.

서른한 끼

그럼에도 불구하고

–

    지금까지 네 권의 책을 썼다. 아는 사람만 아는 작가다. 최근에 낸 책은 1쇄를 다 소진하지 못했다. 즉, 글쓰기로 버는 돈이 많지 않다는 뜻. 나는 왜 이것밖에 못 쓸까, 왜 베스트셀러 작가가 아닐까 하는 생각은 하지 않는다. '뭐, 그럴 수도 있지' 생각하며 대수롭지 않게 넘긴다. 글 써서 돈 버는 사람이 많지 않음을 알고 있으니까. 그런데 이따금 센 척하느라 친구들 앞에서 "에이, 돈도 안 되는 거 이제 그만해야 하는데" 할 때가 있다. 이솝우화에서 높은 나무에 매달린 탐스러운 포도를 먹고 싶지만, 손이 닿지 않아 먹을 수 없는 현실을 깨닫고는 "신 포도가 틀림없어" 하는 여우와 별반 다르지 않다. 글은 쓰지만 글 쓰는 일만으로는 생계를 유지할 수 없으니, 안정적인 급여 소득이 필요해서 일하고 남는 시간에 글을 쓴다. 그러다 보니 이거 원 참 하루가, 한 달이, 일 년이 일로만 채워진다. 지금도 출근하기 전에 이 글을 쓰고 있다.

고민 끝에 글쓰기를 그만두기로 마음먹었다. 글 쓰는 시간에 돈을 더 많이 벌 수 있는 일을 하는 게 효율적이라 판단했다. 아님 차라리 푹 쉬면서 현재의 삶을 즐기는 것도 방법이고. 글쓰기를 그만두는 순간 목과 허리 디스크가 더 망가지는 걸 막을 수 있으니 이것만으로도 이득이 아닌가. 그뿐인가? 마감 압박 스트레스로 인한 폭식까지. 글을 쓰지 않으면 병원비와 폭식 비용을 줄일 수 있을 테다. 이리 재고 저리 재도 과감하게 글 쓰는 일을 그만두는 게 맞다. 그런데 이상하다. 마감이 있다고 생각하면 안도감이 든다. 물론 안도감의 지분은 2퍼센트뿐이고 압박의 지분은 98퍼센트다. 그런데도 내가 쓰는 글이 실릴 지면이 있다는 사실을 떠올리면 돈은 많이 못 벌어도, 유명하지 않아도 '나는 글을 쓸 수 있는 사람'이라는 안도감이 든다. 쓰는 일이 뭐라고, 내가 말하면서도 이해를 못하겠다. 지면이 있는 글을 쓰는 건 인스타그램이나 블로그에 부담 없이 일상을 적는 것과 다르다. 즐거움보다는 책임감이 훨씬 더 큰 일인데 말이지.

이 아이러니는 무엇인가? 98퍼센트의 스트레스와 압박을 감내하면서 2퍼센트의 안도감을 위해 쓰는 삶이라니. 당황스럽다. 도대체 나는 왜 이렇게 사는 것인가 생각하다 보니 떠오르는 그때의 기억. '과학의 달 기념 글짓기 대회 은상.' 대상도 금상도 아닌, 3등쯤 되는 상이었던 은상. 글쓰기에 대단한 재능이 있어서 받은 상도 아니었다. 그림과 글쓰기 대회 중 하나는 나가야 한다는 담임 선생님의 말에 글쓰기를 택한 것뿐이다. 그것도 종례 시간에 딴 생각을 하느라 모두가 글쓰기와 그림 그리기 중 하나를 내야 한다고 잘못 들어서 썼다. 상을 받고 보니, 참가하지 않은 아이들이 대부분이었다. 반에서 각각 세 개의 작품을 내야 했는데, 내가 쓴 글은 반에서 경쟁할 필요도 없이 출품됐고, 아마 다른 반도 사정이 마찬가지 아니었을까 싶다. 그렇게 받은 상이 존재감 없던 어린이가 받은 첫 사회적 인정이었던 셈이다. 만약에 그림을 통해 받은 상이었다면, 지금쯤 그림을 그리고 있으려나? 알 수 없지만 글 쓰는 일의 안도감은 그때부터 시작이었지 싶다.

설명하기 어렵지만 글쓰기의 안정감은 단순히 인정 욕구라고는 할 수 없다. 오히려 그 안도감은 아침에 식탁 위에 놓인 식어버린 치킨과 비슷하다. 눈 비비며 방에서 나와 식탁으로 향해, 전날 야식으로 시켰다가 남은 치킨을 먹을 때 느끼는 그 평안한 마음. 이는 그냥 느낄 수 있는 게 아니다. 치킨을 주문한 밤에 식구들이 적당히 남겨야 한다. 누군가는 이미 저녁을 먹었으니 "난 안 먹어"라 말하고, 또 누군가는 "난 한 조각만 먹을래"의 상태여야 한다. 저녁 식사 시간 이후에 시키는 게 중요하다. 그리고 다음 날 아침, 집에서 가장 일찍 일어난 사람이 나여야 한다. 그 누구보다 빠르게 일어나 먼저 치킨을 만나야 한다. 33년간 가족들과 한집에 살면서 '내일 아침에 치킨 먹어야지!' 하며 잠들었는데 다음날 식탁 위에 빈 치킨 상자와 닭 뼈만 남아있던 수많은 날들을 떠올려 보면, 결코 만만한 일은 아니다. 다양한 변수를 계산해서 적당한 때 치킨을 주문하고, 기쁜 마음으로 아침에 남은 치킨을 바라볼 때의 안도감이랄까? 비록 두 조각 남아있을지언정.

내가 쓴 글이 지면에 있는 것도 그런 게 아닐

까? 대단하게 유명하거나 잘 팔리는 작가는 아니지만, 혼자 종이 위에 혹은 메모장에 써놓고 끝나는 게 아니라 누구든 읽어줄 사람이 있는 글을 쓴다는 것. 이 글을 가장 먼저 보게 될 담당 편집자도, 이 글이 종이 위에 얹힌 책이 됐을 때 책을 펼쳐 읽어봐 줄 독자도 있다. 몇 명이 될지, 누가 읽을지는 아무것도 모르지만 말이다.

글로 쓰고 보니 마음에도 없는 소리 하며 센 척하기는 이제 그만해야겠다. 글 쓰는 일은 내게 안도감을 주는 일이다. 앞으로 내가 해야 할 일은 이 안도감을 계속 느끼기 위해 계속 쓰는 것, 쓰는 행위에 안주하지 않고 내 글의 독자가 누구인지, 내가 재밌게 잘 쓸 수 있는 글은 무엇인지, 내가 글을 통해 전하고자 하는 메시지는 무엇인지 정확하게 알고 쓰는 것.

이 글을 쓰는 지금도 마감에 대한 압박과 출간

이후의 결과물에 대한 부담감이 짓누르지만 그런데도 껴안고 해나가고 있다는 건, 이 일을 하고 싶다는 거겠지. 좋아하는 마음과 다른.

운의 영역,
큰 기대 없이 최선을 다하기

–

나도 모르는 사이에 내 전성기가 지나갔다고 생
각하면 얼마나 아찔할까? 그런데 그 일이 내게 일
어났다.

"김경희도 한때 잘나갔었는데."

친구랑 각자 휴대폰을 붙잡고 하릴없이 인스타
그램을 하는데 대뜸 친구가 이렇게 말하는 게 아
닌가? 책도 많이 팔고, 외부 활동을 많이 하는 다
른 이의 활약을 보다가 내뱉은 말이었다. 그 순간
'이 친구가 나를 잘나갔었다고 생각하며 인정해줬
구나!' 하며 기뻐해야 할지, '한때'라는 말에 기분
나빠해야 할지 모르는 와중에 "야! 내 전성기는 아
직 오직 않았어"라 답했다.

그나저나 친구가 말한 '그때'를 생각해보니 '아, 나에게 그런 시절이 있었지'라는 생각에 잠긴다. 잘나갔었다고 해서 TV에 나갈 만큼 유명해지거나, 돈을 엄청 많이 번 건 아니다. 친구가 말하는 잘나감의 기준은 인스타그램 팔로워가 꾸준히 늘고, 게시물 좋아요 수가 3000개씩 찍히던 때를 말하는 것이다. 쌓여있는 DM을 확인하면 원고 청탁, 강연 요청 등이 심심치 않게 있었지. 그때와 지금을 비교하면 팔로워는 6000명이 감소했고, 어제 올린 피드의 좋아요 숫자는 200개다. 최근 DM을 확인하니 인스타그램 친구들이 보내준 역류성 식도염에 좋은 음식과 내가 추천한 드라마가 재밌다며 세 번째 정주행 중이라는 소식들. 막상 이렇게 쓰고 보니까 그때는 정말 잘나갔구나 싶은 생각이 든다.

줄어드는 팔로워와 좋아요 수를 보며 한숨을 쉬

다니. 온라인 세계에 과몰입한 건 아닌가 싶지만 팔로워의 숫자, 게시물의 반응도 하나의 스펙이 될 수 있는 영역에서 일하고 있다 보니 어째 찝찝하고 불편한 마음이 영 가시질 않는다. 자, 그럼 그때의 영광만큼 아니 그 영광을 넘어서기 위해서 내가 노력해야 할 건 무엇일까? 그때처럼 부지런히 매일 게시물을 올리는 것이다. 하지만 그때의 나와 지금의 나는 다르고, 그때 쓰던 글과 지금 쓰는 글도 달라졌다. 게다가 해야 할 것 같아서 하는 일이라면 벌써부터 지친다. 그것도 매일? 으으아 아아악!! 싫다, 싫어!

아, 나란 인간 배가 부른 건가? 간절함이 없는 건가?

갈수록 내키는 일이 줄어든다. 그래도 어떻게 내키는 것만 하겠어, 싫은 일도 해야지 싶지만 이미 충분히 해야 할 일들로 채워진 일상을 살고 있다 보니 영 쉽지가 않다. 하지만 나, 전성기를 느끼고 싶다고!! 이 무슨 먹는 건 포기할 수 없지만 살은 빼고 싶어 하는 도둑놈 심보인가.

어제와 오늘의 컨디션이 달라 노력의 밀도가 조금 차이 날지언정 성실함만은 잊지 말자는 마음으로 지내던 어느 날, 성수동에서 한 달간 팝업 스토어를 할 수 있는 기회가 왔다. 내가 사는 곳은 인천, 성수동에 스토어를 열면 매일 두 번씩 환승해서 출근하는 데만 2시간이 걸린다. 게다가 지금은 코로나19 시대가 아닌가. 괜히 일 벌이는 거 아닌가? 힘들지 않을까? 잘할 수 있을까? 싶은 생각이 들었지만 "그래, 해보자"라는 말을 내뱉었다.

한정된 시간, 한정된 자금, 한정된 인력으로 빈 곳을 채우고 손님 맞을 준비를 시작했다. 그리고 팝업 스토어 첫날. 떨리는 마음으로 짜잔! 12:00에 문을 열었지만, 아무도 오지 않는다. 아니, 아무도? 핫하다는 성수동에, 아니, 줄 서있는 건 바라지도 않았는데 한 사람도 오지 않다니……. 서른 평 공간을 채우고 있는 건 함께 일하는 네 명의 동료들뿐. '아! 망했다.'

서로의 얼굴만 멀뚱멀뚱 바라보다 더는 안 되겠다 싶어 뛰쳐나왔다. 그러고는 근처 카페로 향했다. 12:07 아이스 아메리카노를 마시며 생각했다. 앞으로 이런 한 달을 보내야 한다니. 그냥 부천에 있을 걸 왜 괜한 일을 벌여서…… 생각하고 있는 찰나, 동료에게 연락이 왔다.

일손이 모자라니 보는 즉시 달려오라는 메시지. 서둘러 달려가 보니 스토어는 사람들로 가득했고, 그 후로 퇴근할 때까지 화장실 갈 시간도 없이 쉬지 않고 계산만 했다.

예상치 못했던 일은 계속 이어졌다. 다음 날에는 더 많은 사람이 왔고, 평일에는 사람들이 없을 거로 생각했는데 주말보다 더 많은 매출을 올렸다. 1주, 2주 시간이 지나니 여기저기서 들리는 말 "오, 오키로북스 요즘 잘나가네". 그때마다 "에이, 잘나갔으면 좋겠어요" 하며 겸손을 떨었지만 슬쩍 거만해지는 어깨를 감출 수 없었다.

그러면서 드는 생각. 오키로북스에서 처음 일을 시작했던 4년 전에도, 작년에도, 지난달에도 나는 늘 최선을 다해서 운영했는데, 왜 그전에는 잘나간다는 이야기를 듣지 못했던 거지?

"사장님, 신기하지 않아? 우리는 늘 최선을 다했잖아. 그런데 지금 사람들은 우릴 보면서 잘나간다고 하잖아. 지난달에도 똑같이 최선을 다했는데, 그땐 못 들었던 말인데."

"그러게, 장소가 바뀌어서 그런 건가?"

"장소도 영향이 있겠지만, 참 알 수 없어. 우리는 똑같은 노력으로, 똑같은 일을 하고 있는데. 올해 닭띠 운이 좋다더니, 사장님이 닭띠라 그런가 보다."

어쩌면 정말 닭띠의 운이었을지도. 혹은 성수동의 기운이 잘 맞았을지도 모르겠다. 하지만 지금껏 크게 주목받지는 못했어도 꾸준히 시도하고 노력하면서 보낸 결실이 운과 만난 게 아닐까?

팝업 스토어를 열었을 당시도 코로나19 시국이었지만 전국 일일 확진자 수가 50~60명대였던 상황이라 입장 인원이나 외출 등이 크게 제한적이진 않았다. (이 글을 쓰고 있는 지금은 수도권 거리두기 2.5단계로 카페는 포장만 가능하고 전국 일일 확진자 수는 1000명대다.) 게다가 성수동은 워낙 유명한 가게들이 많으니 장소의 덕도 본 셈이다. 다른 가게에 왔던 분들이 온 김에 들러주면서 새롭게 유입되는 손님들도 많았다. 한 달 팝업 스토어를 끝내고 본래 일하던 부천으로 돌아왔을 때는 코로나 확산세가 심해지면서 가게마다 입장 제한이 생겼다.

한 달이었지만, 잘나간다는 소리를 들으며 팝업 스토어를 운영할 수 있었던 건 노력과 운의 합이었다 생각한다. 최선을 다해 보낸 시간들과 운이 알맞은 때에 작용한 거겠지.

다시 전성기를 바라는 내가 해야 할 일은 확실하다. 어떤 결과물이 나올지는 모르겠지만 매일 꾸준히 쓰는 일, 내키지 않는다고 하지 않는 게 아니라 다시 매일 글을 쓰고 업로드하며 글쓰기 근육을 만드는 일, 글을 통해 나를 알리는 일을 해야 한다.

물론 그렇게 한다고 해서 전성기가 올 거란 보장은 없다. 갑자기 돈을 많이 벌거나, 유명해지거나, 책이 많이 팔리는 일은 운의 영역이 아닐까 싶다. 개인의 노력으로만 만들어지는 성공이나 전성기가 어디 있겠나. 하지만 "쟤는 운이 좋아"라는 말의 주인공인 '쟤'도 종일 누워만 있었으면 운을 잡을 기회조차 없었을 것이다.

언제가 될지 모르는 전성기의 기쁨을 만끽하기 위해 운을 받아들일 기회를 좀 더 만들어야지. 계속 시도하면서, 운이 잘 들어올 수 있도록 길을 닦아놓는 것. 도둑놈 심보가 아닌 운을 조금은 기대하되, 그저 해야 하는 일 잘하고 싶은 일에 최선을 다하면서.